CANTICO DI NATALE

CHARLES DICKENS

I

Marley, prima di tutto, era morto. Niente dubbio su questo. Il registro mortuario portava le firme del prete, del chierico, dell'appaltatore delle pompe funebri e della persona che aveva guidato il mortoro. Scrooge vi aveva apposto la sua: e il nome di Scrooge, su qualunque fogliaccio fosse scritto, valeva tant'oro. Il vecchio Marley era proprio morto per quanto è morto, come diciamo noi, un chiodo di porta.

Badiamo! non voglio mica dare ad intendere che io sappia molto bene che cosa ci sia di morto in un chiodo di porta. Per conto mio, sarei stato disposto a pensare che il pezzo più morto di tutta la ferrareccia fosse un chiodo di cataletto. Ma poiché la saggezza dei nostri nonni sfolgora nelle similitudini, non io vi toccherò con sacrilega mano; se no, il paese è bell'e ito. Lasciatemi dunque ripetere, solennemente, che Marley era morto com'è morto un chiodo di porta.

Sapeva Scrooge di questa morte? Beninteso. Come avrebbe fatto a non saperlo? Scrooge e il morto erano stati soci per non so quanti anni. Scrooge era il suo unico esecutore testamentario, unico amministratore, unico procuratore, unico legatario universale, unico amico, unico guidatore del mortoro. Anzi il nostro Scrooge, che per verità il triste evento non aveva fatto terribilmente spasimare, si mostrò sottile uomo d'affari il giorno stesso dei funerali e lo solennizzò con un negozio co' fiocchi.

Il ricordo dei funerali mi fa tornare al punto di partenza. Non c'è dunque dubbio che Marley era morto. Questo mettiamolo bene in sodo, se no niente di maraviglioso potrà scaturire dalla storia che son per narrarvi. Se non fossimo perfettamente convinti che il padre d'Amleto è morto prima che s'alzi il sipario, la sua passeggiatina notturna su pei bastioni al vento di levante non ci farebbe maggiore effetto della bisbetica passeggiata di un qualunque attempato galantuomo il quale se n'andasse di notte in un posto ventoso - il cimitero di San Paolo, poniamo - pel solo gusto di sbalordire la melansaggine del proprio figliuolo.

Scrooge non cancellò dall'insegna il nome del vecchio Marley. Parecchi anni dopo, leggevasi sempre sulla porta del magazzino: "Scrooge e Marley". La ditta era nota per Scrooge e Marley. Seguiva a volte che qualche novizio agli affari desse a Scrooge ora il nome di Scrooge e ora quello di Marley; ma egli rispondeva a tutti e due. Per lui era tutt'una cosa.

Oh! ma che stretta sapevano avere le benedette mani di cotesto Scrooge! come adunghiavano, spremevano, torcevano, scuoiavano, artigliavano le mani del vecchio lesina peccatore! Aspro e tagliente come una pietra focaia, dalla quale nessun acciaio al mondo aveva mai fatto schizzare una generosa scintilla; chiuso, sigillato, solitario come un'ostrica. Il freddo che aveva di dentro gli gelava il viso decrepito, gli cincischiava il naso puntuto, gli accrespava le guance, gli stecchiva il portamento, gli facea rossi gli occhi e turchinucce le labbra sottili, si mostrava fuori in una voce acre che pareva di raspa. Sul capo, nelle sopracciglie, sul mento asciutto gli biancheggiava la brina. La sua bassa temperatura se la portava sempre addosso; gelava il suo studio né giorni canicolari; non lo scaldava di un grado a Natale.

Caldo e freddo non facevano effetto sulla persona di Scrooge. L'estate non gli dava calore, il rigido inverno non lo assiderava. Non c'era vento più aspro di lui, non c'era neve che cadesse più fitta, non c'era pioggia più inesorabile. Il cattivo tempo non sapeva da che parte pigliarlo. L'acquazzone, la neve, la grandine, il nevischio, per un sol verso si potevano vantare di essere da più di lui: più di una volta si spargevano con larghezza: Scrooge no, mai.

Nessuno lo fermava mai per via per dirgli con cera allegra: "Come si va, caro il mio Scrooge? a quando una vostra visita?" Né un poverello gli chiedeva la più piccola carità, né un bambino gli domandava che ore fossero, né uomo o donna, una volta sola in tutta la vita loro, si erano rivolti a lui per informarsi della tale o tal'altra strada. Perfino i cani dei ciechi davano a vedere di conoscerlo; scorgendolo di lontano subito si tiravano dietro il padrone in una corte o in un chiassuolo. Poi scodinzolavano un poco, come per dire: "Povero padrone mio, val meglio non aver occhi che avere un mal occhio!"

Ma che gliene premeva a Scrooge! Meglio anzi, ci provava gusto. Sgusciare lungo i sentieri affollati della vita, ammonendo la buona gente di tirarsi in là, era per Scrooge come per un goloso sgranocchiar pasticcini.

Una volta - il più bel giorno dell'anno, la vigilia di Natale - il vecchio Scrooge se ne stava a sedere tutto affaccendato nel suo banco. Il tempo era freddo, uggioso, tutto nebbia; e si sentiva la gente di fuori andar su e giù, traendo il fiato grosso, fregandosi forte le mani, battendo i piedi per terra per scaldarseli. Gli orologi del vicinato avevano battuto le tre, ma era già quasi notte, se pure il giorno c'era stato. Dalle finestre dei negozi vicini rosseggiavano i lumi come tante macchie sull'aria grigia e spessa. Entrava la nebbia per ogni fessura, per ogni buco di serratura; e così densa era di fuori che, ad onta dell'angustia del vicoletto, le case dirimpetto parevano fantasmi. Davvero, quella nuvola scura che scendeva e scendeva sopra ogni cosa faceva pensare che la Natura, stabilitasi lì accanto, avesse dato l'aire a una sua grande manifattura di birra.

L'uscio del banco era aperto, per dare agio a Scrooge di tenere d'occhio il suo commesso, il quale, inserito in una celletta più in là, una specie di cisterna, attendeva a copiar lettere. Scrooge non aveva per sé che un fuocherello; ma tanto più misero era il fuocherello del commesso, che pareva fatto di un sol pezzo di carbone. Né c'era verso di accrescerlo, perché la cesta del carbone se la teneva Scrooge con sé; e quando per caso il commesso entrava con in mano la paletta, issofatto il principale gli faceva capire che sarebbe stato costretto a dargli il benservito. Epperò lo scrivano si avvolgeva al collo il suo fazzoletto bianco e ingegnavasi di scaldarsi alla fiamma della candela: il che, per non essere egli un uomo di gagliarda immaginazione, non gli riusciva né punto né poco

- Buon Natale, zio! un allegro Natale! Dio vi benedica! - gridò una voce gioconda. Era la voce del nipote di Scrooge, piombato nel banco così d'improvviso che lo zio non lo aveva sentito venire.

- Eh via! - rispose Scrooge - sciocchezze! -

S'era così ben scaldato, a furia di correre nella nebbia e nel gelo, cotesto nipote di Scrooge, che pareva come affocato: aveva la faccia rubiconda e simpatica; gli lucevano gli occhi e fumava ancora il fiato.

- Come, zio, Natale una sciocchezza! - esclamò il nipote di Scrooge. - Voi non lo pensate di certo.

- Altro se lo penso! - ribatté Scrooge. - Un Natale allegro! o che motivo hai tu di stare allegro? che diritto? Sei povero abbastanza, mi pare.

- Via, via - riprese il nipote ridendo. - Che diritto avete voi di essere triste? che ragione avete di essere uggioso? Siete ricco abbastanza, mi pare. -

Scrooge, che non avea pel momento una risposta migliore, tornò al suo "Eh via sciocchezze."

- Non siate così di malumore, zio - disse il nipote.

- Sfido io a non esserlo - ribatté lo zio - quando s'ha da vivere in un mondaccio di matti com'è questo. Un Natale allegro! Al diavolo il Natale con tutta l'allegria! O che altro è il Natale se non un giorno di scadenze quando non s'hanno danari; un giorno in cui ci si trova più vecchi di un anno e nemmeno di un'ora più ricchi; un giorno di chiusura di bilancio che ci dà, dopo dodici mesi, la bella soddisfazione di non trovare una sola partita all'attivo? Se potessi fare a modo mio, ogni idiota che se ne va attorno con cotesto "allegro Natale" in bocca, avrebbe a esser bollito nella propria pentola e sotterrato con uno stecco di agrifoglio nel cuore. Sì, proprio!

- Zio! - pregò il nipote.

- Nipote! - rimbeccò accigliato lo zio, - tieniti il tuo Natale tu, e lasciami il mio.

- Il vostro Natale! ma che Natale è il vostro, se voi non ne fate?

- Vuol dire che così mi piace, e tu non mi rompere il capo. Buon pro ti faccia il tuo Natale! E davvero che te n'ha fatto del bene fino adesso!

- Di molte cose buone sono stato io a non voler profittare, quest'è certo - rispose il nipote; - e il Natale fra l'altre. - Ma il fatto è che io ho tenuto sempre il giorno di Natale, quando è tornato - lasciando stare il rispetto dovuto al suo sacro nome, se si può lasciarlo stare - come un bel giorno, un giorno in cui ci si vuol bene, si fa la carità, si perdona e ci si spassa: il solo giorno del calendario, in cui uomini e donne per mutuo accordo pare che aprano il cuore e pensino alla povera gente come a compagni di viaggio verso la tomba e non già come ad un'altra razza di creature avviata per altri sentieri. Epperò, zio, benché non mi abbia mai cacciato in tasca la croce di un soldo, io credo che il Natale m'abbia fatto del bene e me ne farà. Evviva dunque il Natale! -

Il commesso non si seppe tenere dall'applaudire dal fondo della sua cisterna; ma, subito accortosi del marrone, si diè ad attizzare il fuoco e riuscì ad estinguere l'ultima scintilla.

- Un altro di cotesti rumori dalla vostra parte - disse Scrooge - e ve lo darò io il Natale con un bravo benservito. Sei davvero un parlatore coi fiocchi - sopraggiunse volgendosi al nipote. - Mi sorprende che non ti ficchino in Parlamento.

- Non andate in collera, zio. Orsù, vi aspettiamo domani sera a pranzo. -

Scrooge rispose che piuttosto lo volea vedere all'inf... Sì davvero, la disse tutta la parola. Allora, forse, avrebbe accettato l'invito.

- Ma perché? - esclamò il nipote. - Perché?

- Perché diamine ti sei accasato? - domandò Scrooge.

- Perché ero innamorato.

- Perché eri innamorato! - grugnì Scrooge, come se cotesta fosse l'unica cosa al mondo più ridicola di un allegro Natale. - Buona sera!

- Ma voi, zio, non siete mai venuto a trovarmi prima. Perché mo' vi appigliate a cotesto pretesto?

- Buona sera, - disse Scrooge.

- Niente voglio da voi; niente vi chiedo: perché non dobbiamo essere amici?

- Buona sera, - disse Scrooge.

- Mi fa pena, proprio, di trovarvi così ostinato. Tra noi non ci sono mai stati dissapori, ch'io ci abbia avuto colpa. Ho voluto fare questa prova in onore di Natale, e il mio buonumore di Natale lo serberò fino in fondo. Buon Natale dunque zio mio!

- Buona sera, - disse Scrooge.

- E buon principio d'anno per giunta!

- Buona sera, - disse Scrooge.

Il nipote se n'andò.

Né il nipote si lasciò sfuggire di bocca una sola parola dispettosa. Andò via tranquillo e si fermò un momento alla porta esterna per fare i suoi auguri al commesso, il quale, gelato com'era, aveva però addosso più calore di Scrooge, perché cordialmente li ricambiò.

- Eccone un altro - borbottò Scrooge che l'aveva udito: - il mio commesso, con quindici scellini la settimana, moglie e figliuoli, che parla di buon Natale. Mi chiuderò nel manicomio. -

Cotesto lunatico intanto, facendo uscire il nipote di Scrooge, aveva introdotto due altre persone. All'aspetto ed ai modi erano gentiluomini: si cavarono il cappello e s'inchinarono a Scrooge. Avevano in mano fogli e quaderni.

- Scrooge e Marley, credo? - disse uno de' due guardando a una sua lista. - Ho io l'onore di parlare al signor Scrooge o al signor Marley?

- Il signor Marley - rispose Scrooge - è morto da sette anni. Morì sette anni fa, proprio questa notte.

- Non dubitiamo punto - riprese a dire quel signore, presentando le sue credenziali - che la sua liberalità abbia nel socio sopravvivente un degno rappresentante. -

Così senz'altro doveva essere; perché i due soci erano stati come due anime in un nocciolo. Alla malaugurosa parola "liberalità" Scrooge aggrottò le ciglia, crollò il capo e restituì le credenziali.

- In questa gioconda ricorrenza, signor Scrooge - disse quel signore, prendendo una penna, - è più che mai desiderabile il raccogliere qualche tenue soccorso per la povera gente sulla quale ricade tutto il rigore della stagione. Ce n'ha migliaia che mancano dello stretto necessario; centinaia di migliaia cui fa difetto il menomo benessere.

- Non ci sono prigioni? - domandò Scrooge.

- Molte anzi - rispose l'altro posando la penna.

- E gli Ospizi? gli hanno chiusi forse?

- No davvero; così si potesse!

- Sicché il mulino de' forzati e la legge su' poveri son sempre in vigore?

- Sempre, ed hanno anche un gran da fare.

- Oh! io avevo temuto alle vostre prime parole, che qualche malanno avesse rovinato coteste utili istituzioni, - disse Scrooge. - Mi fa piacere di sentire il contrario.

- Mossi dal pensiero che esse non procacciano alla moltitudine un qualunque benessere cristiano di anima o di corpo - rispose quel signore - alcuni di noi si danno attorno per raccogliere un tanto da comprare ai poveri un po' di cibo e un po' di carbone. Scegliamo quest'epoca, come quella in cui il bisogno è più acuto e l'abbondanza rallegra. Per che somma volete che vi segni?

- Per niente! - rispose Scrooge.

- Vi piace serbar l'anonimo?

- Mi piace non essere disturbato. Poiché lo volete sapere, signori miei, ecco quel che mi piace. Per conto mio, non mi do bel tempo a Natale, né voglio fornire ai fannulloni i mezzi di darsi bel tempo. Pago la mia brava quota per gli stabilimenti che sapete: costano di molto: chi non sta bene fuori, ci vada.

- Molti non possono, e molti altri preferirebbero la morte.

- Se così è, si servano pure - disse Scrooge; - scemerebbe di tanto il soverchio della popolazione. In fondo poi, scusatemi, io non ne so niente.

- Non vi riuscirebbe difficile di saperlo - osservò l'altro.

- Non è affar mio - ribatté Scrooge. - È già molto che ci si raccapezzi negli affari nostri, senza immischiarci in quelli degli altri. I miei mi pigliano tutta la giornata. Buona sera, signori! -

Vista l'inutilità di ogni altra insistenza, i due gentiluomini si accomiatarono. Scrooge si rimise al lavoro, molto contento del fatto suo e di più lieto umore che mai non fosse stato.

Intanto la nebbia e le tenebre si facevano così fitte che degli uomini armati di torce correvano per le vie, profferendosi a far da guide alle carrozze. La vecchia torre di una chiesa, la cui campana arcigna pareva guardare a Scrooge dall'alto della sua finestra gotica, divenne invisibile e prese a suonare le ore e i quarti nelle nuvole con un certo prolungato tremolio come se i denti le battessero. Il freddo infierì. Alla cantonata alcuni operai, intenti a restaurare i tubi del gas, avevano acceso un gran fuoco in un braciere, e intorno a questo una mano di uomini e di ragazzi cenciosi s'era raccolta: si scaldavano le mani e battevano le palpebre alla fiamma, beati. La fontanina, abbandonata a sé stessa, s'incoronava malinconicamente di ghiacci. I lumi delle botteghe, dove i ramoscelli di agrifoglio crepitavano al calore delle fiamme, facevano rosseggiare le facce pallide dei passanti. Le mostre dei pollaioli e dei salumai erano mostre davvero; e così splendide, da parere quasi impossibile che la volgarità del comprare e del vendere ci avesse niente che vedere. Il lord Mayor, nella sontuosità fortificata del suo palazzo, impartiva ordini ai suoi cinquanta cuochi e cancvai perché si festeggiasse il Natale come s'addice alla casa di un lord Mayor. E perfino il sartuccio, da lui multato di cinque scellini il lunedì avanti per essere andato attorno ubriaco e assetato di sangue, si dava da fare nella sua soffitta per preparare il pranzetto del giorno appresso, mentre la moglie magrina con in collo la bimba andavano fuori a comprare il pezzo di carne che ci voleva.

E cresceano la nebbia ed il freddo! Un freddo pungente, tagliente, mordente. Se il buon San Dustano, lasciando le solite sue armi, avesse un po' carezzato il naso dello Spirito maligno con un tempo di quella fatta, è certo che lo avrebbe fatto strillare come un'aquila. Il proprietario di un miserabile nasetto, rosicchiato dal freddo famelico come un osso dai cani, si fermò davanti allo studio di Scrooge per allietarne l'inquilino con una canzonetta natalizia; ma alle prime parole:

Dio vi tenga, o buon signore,

Sano il corpo e allegro il core...

Scrooge die' di piglio alla riga con tanta furia che il cantore scappò atterrito, lasciando libera la porta alla nebbia e alla gelata, meglio adatte al luogo che il canto non fosse.

Arrivò l'ora finalmente di chiudere il banco. A malincuore Scrooge smontò dal suo sgabello, dando così un tacito segno al commesso, il quale soffiò subito sulla candela e si pose il cappello.

- Mi figuro - disse Scrooge - che la giornata di domani la vorrete tutta, eh?

- Se vi piace, signore.

- Non mi piace punto e non è giusto. Se vi risecassi per questo un mezza corona scommetto che vi riterreste trattato male, non è così? -

Il commesso sbozzò un debole sorriso.

- Eppure - proseguì Scrooge - a voi non vi pare che io sia trattato male, quando sborso il salario di una giornata per niente. -

Il commesso notò che si trattava di una volta all'anno.

- Bella scusa per cacciar le mani nelle tasche d'un galantuomo ogni 25 di dicembre! - esclamò Scrooge abbottonandosi il pastrano fin sotto il mento. - Vada per tutta la giornata, poiché così ha da essere. E badate almeno a trovarvi qui più presto del solito doman l'altro! -

Il commesso promise, e Scrooge se n'uscì grugnendo. Detto fatto, il banco fu chiuso, e il commesso, co' capi del fazzoletto bianco che gli pendevano fin sotto al farsettino (pastrano non ne sfoggiava) se n'andò a fare una sdrucciolata sul ghiaccio dietro una brigata di monelli, in onore della vigilia di Natale, e poi diritto a casa a Camden Town per giuocare a mosca cieca.

Scrooge fece il suo malinconico desinare nell'usata malinconica osteria. Dié una scorsa a tutti i giornali e si sprofondò nel suo squarcetto, ammazzò la serata e si avviò a casa per mettersi a letto. Abitava un quartiere, o meglio una sfilata di stanze, già un tempo proprietà del socio defunto, in un vecchio e bieco caseggiato che si nascondeva in fondo ad un chiassuolo. Davvero, quel caseggiato in quel posto non si sapeva che vi stesse a fare: si pensava, mal proprio grado, che da bambino, facendo a rimpietterelli con altre case, si fosse rincattucciato lì e non avesse più saputo venirne fuori. Oramai s'era fatto vecchio ed arcigno. Non ci abitava che Scrooge: tutte le altre stanze erano date via in fitto per studi di commercio. Era così buio il chiassuolo, che lo stesso Scrooge, pur conoscendolo pietra per pietra, vi brancolava.. La nebbia incombeva così spessa davanti alla porta scura della casa, da far credere che il Genio dell'inverno stesse lì a sedere sulla soglia, assorto in una lugubre meditazione.

II

Ora, certo è che il picchiotto della porta, oltre ad essere massiccio, non aveva in sé niente di speciale. È anche certo che Scrooge, da che abitava lì, l'aveva visto mattina e sera; E lo stesso Scrooge, inoltre, era dotato di così temperata fantasia quanto alcun'altra persona nella City di Londra, compresi, con rispetto parlando, tutti i membri del corpo municipale. Si badi altresì a questo che Scrooge non aveva pensato un sol momento a Marley, dopo averne ricordato la morte, quel giorno stesso avvenuta sette anni addietro. E dopo di ciò, mi spieghi chi vuole come seguisse che Scrooge, ficcata che ebbe la chiave nella toppa, vide nel picchiotto, da un momento all'altro, non più un picchiotto, ma il viso di Marley.

Il viso di Marley. Non avvolgevasi già, come ogni altra cosa intorno, nell'ombra fitta; anzi raggiava un certo bagliore livido come un gambero andato a male in un oscuro ripostiglio. Non era crucciato o feroce; fissava Scrooge come Marley soleva fare, e lo fissava con occhiali da spettro alzati sopra una fronte da spettro. I capelli sollevavansi stranamente quasi mossi da un soffio o da un'aria calda; gli occhi, benché sbarrati, erano immobili; la faccia livida. Una cosa orrenda: se non che l'orrore era estraneo all'espressione di quel viso e in certo modo gli era imposto.

Scrooge si fermò e stette a guardare il fenomeno. Il picchiotto tornò ad esser picchiotto. Non si può dire ch'egli non trasalisse e che il sangue non gli desse un tuffo, come non gli era mai avvenuto. Nondimeno riafferrò la chiave, che aveva lasciato un momento, la girò con forza, entrò e accese la candela.

Sì; prima di chiudere la porta, stette un po' irresoluto, ed anzi si piegò cautamente a guardare dall'altra parte, quasi temesse di veder scodinzolare fino nella corte il codino di Marley. Ma niente c'era, altro che le capocchie delle viti che reggevano il picchiotto. "Via, via!" disse Scrooge, e sbatacchiò la porta.

Rimbombò il rumore per tutta la casa come un tuono. Ogni stanza di sopra, ogni botte nella cantina del vinaio di sotto, echeggiò per suo conto. Scrooge non era uomo da aver paura degli echi. Menò il paletto alla porta, traversò la corte, prese a salir le scale a tutto suo comodo e smoccolando la candela.

Voi mi parlerete di quelle brave gradinate d'una volta su per le quali ci si poteva andare con un tiro a sei; ma io vi so dire che per questa scalinata di Scrooge ci poteva anche salire un carro mortuario, portato di traverso, col timone verso il muro e lo sportello verso la ringhiera; e senza fatica, anche. Del posto ce n'era più del bisogno. E dovette essere per questo che Scrooge si figurò di vedersi davanti uno di cotesti carri che lo precedeva nel buio. Una mezza dozzina di fiammelle di gas non avrebbero bastato a far lume in quel forno; pensate dunque che bel chiarore notturno spandesse intorno la misera candela di Scrooge.

Scrooge andava su, senza curarsene un fico secco: l'oscurità costa poco, e a Scrooge gli piaceva. Se non che, prima di tirarsi dietro la porta massiccia, visitò una per una tutte le stanze per vedere se ogni cosa era in regola. Può darsi che un certo ricordo confuso della faccia con gli occhiali lo spingesse a far questo.

Salotto, camera, stanzone, tutto in ordine. Nessuno sotto la tavola, nessuno sotto il canapè; un fuocherello nel caminetto; pronti il cucchiaio e la tazza; il ramino con l'orzo sulla fornacetta (Scrooge aveva una infreddatura di testa). Nessuno sotto il letto; nessuno nel gabinetto; nessuno nella veste da camera, pendente dalla parete in attitudine sospetta. Lo stanzone come al solito: un vecchio parafuoco, un vecchio par di scarpe, due ceste da pesce, un lavamani a tre gambe e un par di molle.

Rassicurato, tirò a sé la porta e si chiuse, contro il solito, a doppia mandata. Si tolse la cravatta, si cacciò nella veste da camera, nelle pantofole e nel berretto da notte; sedette davanti al fuoco per prendere il suo decotto.

Era un fuoco meschino; meno di niente in una notte come quella. Dovette accostarvisi dappresso e quasi covarlo, prima di spremerne il menomo calore. Il caminetto decrepito era stato costruito tanti anni fa da qualche mercante olandese con intorno un ammattonato fiammingo tutto pieno de' fatti della Storia Sacra. Ci erano de' Caini e degli Abeli; figlie de' Faraoni, regine di Saba, messi celesti calanti per l'aria sopra nuvole a foggia di piumini, Abrami, Baldassarri, Apostoli che salpavano in tante salsiere, centinaia di figure da attrarre i suoi pensieri. Eppure, quel cosiffatto viso di Marley, morto da sette anni, veniva come la verga dell'antico profeta ad ingoiare ogni cosa. Se ciascuno di quei mattoni vetriati fosse stato bianco e capace di riprodurre una figura fatta dai minuzzoli de' pensieri di lui, si sarebbero viste senza meno altrettante facce del vecchio Marley.

- Sciocchezze! - disse Scrooge; e si diede a passeggiare su e giù per la camera.

Dopo un poco tornò a sedere. Arrovesciando il capo sulla spalliera del seggiolone, gli venne fatto di fermar gli occhi sopra un campanello disusato, che per una ragione o per l'altra comunicava con una camera posta in cima al caseggiato. Con uno stupore grande, con un terrore nuovo, inesplicabile, egli vide quel campanello dondolare un poco. È così dolce era quel dondolio in principio che appena dava un filo di suono; ma di lì a poco squillò con violenza e tutti i campanelli della casa risposero allo squillo stridente.

Durò la cosa forse un minuto, forse mezzo: ma sembrò che durasse un'ora. Tutti i campanelli smessero insieme, di botto, come avevano cominciato. Successe a quel suono un rumore di ferramenta, uscente dalle viscere della terra, come se qualcuno strascinasse una sua catena fra le botti della cantina del vinaio. Scrooge si sovvenne allora di aver sentito dire che gli spiriti, nelle case dove ci si sente, strascinano catene.

L'uscio della canova si spalancò con fracasso; il rumore si fece più forte a terreno; poi si udì suonare su per le scale; poi venne difilato verso la camera.

- Eh via, sciocchezze! - disse Scrooge. - Non ci credo mica, io. -

Si fece bianco però, quando subito dopo lo spettro traforò la porta massiccia e gli entrò in camera, davanti agli occhi. Nel punto stesso la fiamma morente die' un guizzo come se volesse dire: "Lo conosco! È lo spirito di Marley!" e subito ricadde.

Lo stesso viso, proprio lo stesso. Marley col suo codino, col solito panciotto, le brache attillate, gli stivaloni, le cui nappine di seta tentennavano insieme col codino, con le falde del soprabito e co' capelli ritti sul capo. La catena strascinata lo stringeva alla cintola. Era lunga e gli s'avvinghiava attorno come una coda, ed era fatta, come Scrooge ebbe a notare, di scrigni, chiavi, lucchetti, libri mastri, fogliacci e pesanti borse di acciaio. Aveva il corpo trasparente; sicché Scrooge, osservandolo e guardandolo attraverso il panciotto, vedeva i due bottoni di dietro del vestito.

Scrooge avea spesso sentito dire che Marley era un uomo senza visceri, ma soltanto adesso ci credeva.

No davvero, non ci credeva nemmeno. Benché se lo vedesse davanti quello spettro e lo passasse con l'occhio da parte a parte, benché da quegli sguardi impietriti nella morte si sentisse accapponar la pelle, benché notasse perfino l'ordito del fazzoletto che gli copriva il capo e gli s'annodava sotto il mento, al che sulle prime non avea badato, era nondimeno incredulo sempre e lottava contro i propri sensi.

- Che vuol dire ciò? - interrogò Scrooge, freddo e mordace come sempre. - Che volete da me?

- Molto! -

Era la voce di Marley, precisa.

- Chi siete voi?

- Domandami chi fui.

- Bene, chi foste? - disse Scrooge alzando la voce. - Siete un tantino pedante, mi pare, per essere un'ombra.

- In vita, fui il tuo socio, Giacobbe Marley.

- Potreste... sedere? - domandò Scrooge guardandolo dubbioso.

- Posso.

- Sedete, dunque. -

Scrooge domandò la cosa, per vedere se uno spettro così diafano fosse in grado di pigliare una seggiola; nel caso che no, lo avrebbe costretto ad una spiegazione imbarazzante. Ma lo spettro gli sedette in faccia, dall'altra parte del caminetto, come se non avesse mai fatto altro.

- Tu non credi in me - disse poi.

- No - rispose Scrooge.

- Che altra prova vorresti oltre quella dei sensi?

- Non lo so.

- Perché dubiti dei tuoi sensi?

- Perché un nonnulla basta a turbarli. Un lieve disturbo di stomaco ci muta il bianco in nero. Voi potreste essere un pezzetto di carne mal digerito, uno schizzo di senapa, una briciola di formaggio, un frammento di patata mal cotta. Chiunque siate, c'è in voi più della marmitta che della marmotta! -

Scrooge non si dilettava molto di questi giochetti di parole, né in cuor suo si sentiva adesso corrivo alla celia. Fatto sta che ch'ei si studiava di esser faceto come per distrarsi e per domare il terrore; perché veramente la voce dello Spettro lo faceva rabbrividire fino al midollo delle ossa.

Star lì a sedere, fissando quelle pupille vitree, e non aprir bocca fosse pure per un momento, sarebbe stato lo stesso che spiritare. Scrooge lo capiva molto bene. C'era anche questo terribile, che lo Spettro si avvolgeva quasi in una propria atmosfera infernale. Non già che Scrooge la sentisse; ma è certo che, ad onta della perfetta immobilità dello Spettro, i capelli ritti, le falde del soprabito, le nappine degli stivaloni, tremavano sempre come se mossi dal fiato caldo di un forno.

- Vedete questo steccadenti? - disse Scrooge tornando subito alla carica pel motivo ora detto, e volendo, fosse pure per un istante, sottrarsi allo sguardo impietrito del fantasma.

- Lo vedo - rispose lo Spettro.

- Ma voi non lo guardate nemmeno - disse Scrooge.

- Lo vedo nondimeno - disse ancora lo Spettro.

- Bene! - ribatté Scrooge. - Non ho che ad ingozzarlo, e tutto il resto dei miei giorni avrà alle calcagna una frotta di spiriti folletti, tutti di mia propria creazione. Sciocchezze, vi dico; sciocchezze! -

A questo lo Spettro diè uno strido orrendo, e scosse la catena con così tetro e rovinoso fracasso, che Scrooge si tenne forte alla seggiola per non cadere svenuto. Ma come crebbe il suo terrore, quando, togliendosi lo Spettro la benda che gli fasciava il capo, quasi sentisse troppo caldo, la mascella inferiore gli ricascò sul petto!

Scrooge cadde ginocchioni e si strinse la faccia nelle mani.

- Grazia! - esclamò. - Terribile apparizione, perché mi fate paura?

- Uomo dall'anima mondana! - rispose lo Spettro, - credi adesso o non credi?

- Credo - balbettò Scrooge, - debbo credere. Ma perché mai gli spiriti vanno attorno e perché vengono da me?

- Deve ogni uomo - rispose lo Spettro - con l'anima che ha dentro girare in mezzo ai suoi simili, viaggiare il più che può; se non lo fa in vita, è condannato a farlo in morte. È dannato ad errare pel mondo, oh me infelice! a vedere il bene senza poterlo godere, quel bene che avrebbe potuto dividere con gli altri sulla terra e che avrebbe fatto la sua felicità! -

Qui lo Spettro mise un altro strido, squassò la catena, si torse le mani diafane.

- Siete incatenato - osservò Scrooge, tremando. - Perché?

- Porto la catena che mi son fabbricato in vita - rispose lo Spettro. - L'ho fatta io stesso anello per anello, pezzo a pezzo; io stesso me la cinsi per volontà mia, e di volontà mia la portai. Ti par nuova forse a te? -

Scrooge tremava sempre più forte.

- O vorresti sapere - proseguì lo Spettro - il peso e la lunghezza della gomena che porti tu stesso? Era per l'appunto lunga e grave come questa mia, sette anni fa. Ci hai lavorato poi. Una catena di gran valore, adesso! -

Scrooge si guardò intorno per terra, figurandosi di vedersi avviluppato in cinquanta o sessanta metri di gomena ferrata: ma niente vide.

- Giacobbe - disse supplichevole. - Mio vecchio Giacobbe Marley, ditemi qualche altra cosa. Datemi un po' di consolazione, Giacobbe mio!

- Nessuna consolazione da me - rispose lo Spettro. - Altre regioni le mandano, o Ebenezer Scrooge, altri ministri le portano, altri uomini le ricevono. Né ti posso dire tutto quel che vorrei: poche altre parole, e basta. A me non è concesso un momento di riposo o d'indugio. Il mio spirito non varcò mai la soglia del nostro banco, bada bene!; da vivo, il mio spirito non uscì mai dai limiti angusti del nostro stambugio. Lunghi e faticosi viaggi mi aspettano oramai! -

Soleva Scrooge, quante volte prendesse a meditare, cacciarsi le mani nelle tasche delle brache. Così fece adesso, ruminando le cose dette dallo Spettro; ma non alzò gli occhi e stette sempre ginocchioni.

- Bisogna dire che siete andato un po' lento, Giacobbe mio - notò Scrooge, da uomo d'affari, ma con deferente umiltà.

- Lento! - ripeté lo Spettro.

- Morto da sette anni e sempre in viaggio?

- Sempre. Né riposo, né pace: Tortura assidua del rimorso.

- Viaggiate presto?

- Sulle ali del vento.

- Ne avrete visto dei paesi in sette anni! - mormorò Scrooge.

Udendo queste parole, lo Spettro mise un altro strido e così terribilmente fece suonar la catena nel silenzio della notte, che la guardia avrebbe avuto ragione di multarlo come disturbatore notturno.

- Oh! schiavo, incatenato, oppresso di ceppi! - urlò - a non sapere che secoli e secoli di assiduo lavoro compiuto da creature immortali a pro di questa terra passeranno nell'eternità prima che tutto sia sviluppato il bene ond'essa è capace; a non sapere che ogni spirito cristiano, pur lavorando nella piccola sfera assegnatagli, qualunque essa sia, troverà troppo breve la vita mortale ad esercitare tutti i mezzi innumerevoli del rendersi utile; a non sapere che non c'è durata di rammarico la quale ci assolva dalle occasioni perdute nella vita! E questo io ho fatto! e tale ero io!

- Ma voi, Giacobbe, foste sempre un eccellente uomo d'affari, - mormorò Scrooge, che incominciava a fare un'applicazione personale di tutto questo.

- Affari! - esclamò lo Spettro, tornando a torcersi le mani. - I miei simili erano i miei affari. Il benessere comune, la carità, la misericordia, la sopportazione, la benevolenza, questi erano i miei affari. Nell'oceano immenso dei miei affari le operazioni del mio commercio non erano che una gocciola d'acqua! -

Sollevò la catena per quanto il braccio era lungo, come se in quella fosse la causa della sterile angoscia, e tornò a sbatterla in terra con fracasso.

- In questa stagione dell'anno cadente - proseguì lo Spettro - io soffro di più. Perché mai, in mezzo alla folla dei miei simili, passavo io con gli occhi abbassati alla terra, perché una volta non gli alzai verso quella stella benedetta che guidò un giorno i sapienti ad un povero abituro? Non potevo io forse, io, esser guidato da quella luce ad altri poveri abituri? -

Scrooge, più che mai atterrito alle parole incalzanti dello Spettro, incominciò a tremare come una canna.

- Ascoltami! - comandò lo Spettro. - L'ora mia è vicina.

- Ascolto - rispose Scrooge. - Ma non calcate la mano, ve ne prego! non mi schiacciate di eloquenza, Giacobbe!

- Come io mi ti mostri in forma visibile, non so. Molti e molti giorni di fila ti sono stato ai fianchi invisibile. -

L'idea non era piacevole. Scrooge rabbrividì e si asciugò il sudore dalla fronte.

- Né questa è piccola parte del mio supplizio, - proseguì lo spettro. - Son qui stasera per avvertirti che ancora una via t'avanza e una speranza di sfuggire al mio fato. E sono io, Ezeneber, io che ti offro cotesta speranza e cotesta via.

- Voi siete sempre stato per me un buon amico, - disse Scrooge. - Grazie!

- Avrai la visita - soggiunse lo spettro - di tre Spiriti. -

La faccia di Scrooge si fece bianca quasi come quella dello Spettro.

- Ed è questa la via, è questa la speranza che mi offrite, Giacobbe? - interrogò con un filo di voce.

- Questa è.

- Io... io davvero ne farei di meno, - disse Scrooge.

- Senza la visita loro, - ammonì lo Spettro, - tu non eviterai il sentiero che io batto. Aspettati il primo per domani, quando la campana avrà battuto un'ora.

- Non potrei - insinuò Scrooge - non potrei pigliarli tutti e tre in una volta e farla finita?

- Aspetterai il secondo la notte appresso alla stessa ora. Il terzo, la terza notte, all'ultima vibrazione della dodicesima ora. Me, non mi vedrai più; ma ricordati, per amor tuo, ricordati di quanto è accaduto tra noi! -

Ciò detto, lo spettro tolse il fazzoletto dalla tavola e se lo avvolse come prima, intorno al capo. Scrooge se n'accorse dallo scricchiolio dei denti quando le mascelle si urtarono, strette dalla benda. Alzò gli occhi dubbiosi e si ritrovò ritto davanti il suo visitatore soprannaturale, con la catena avvolta al braccio.

L'apparizione si scostò rinculando; ad ogni suo passo, la finestra si apriva un poco, sicché, quando lo Spettro vi giunse, era spalancata. Lo Spettro fece un cenno, Scrooge si accostò. Quando furono due passi distanti, lo Spettro alzò la mano perché si fermasse. Scrooge si fermò.

Più dell'obbedienza potevano in lui la stupefazione ed il terrore; perché, all'alzarsi di quella mano, egli udì dei rumori confusi nell'aria; suoni incoerenti di dolore e di disperazione; sospiri e guai di profonda angoscia e di rimorso. Lo Spettro, stato un po' in ascolto, si unì al funebre coro e si dileguò nella oscurità della notte.

Scrooge, nell'agonia della curiosità, corse alla finestra e guardò di fuori.

L'aria era piena di fantasmi, che erravano di qua e di là senza posa, traendo guai. Ciascuno, come lo spettro di Marley, trascinava una catena; ce n'erano di quelli incatenati insieme, ed erano forse membri di governi malvagi; nessuno era libero. Molti, da vivi, erano stati conoscenze personali di Scrooge. Era stato intrinseco con un vecchio spettro in panciotto bianco, con un enorme scrigno ferrato attaccato alla caviglia, il quale disperatamente piangeva per non poter soccorrere una povera donna con in collo un bambino, ch'ei vedeva giù, sulla soglia d'una porta. Il supplizio di tutti loro era questo, senz'altro, di voler entrare nelle faccende umane per fare un po' di bene e di averne per sempre perduto il potere.

Se coteste creature si fossero risolute in nebbia o se la nebbia le avesse avvolte, Scrooge non potea dire. In un sol punto, sparvero gli spettri e tacquero le voci. Tornò la notte profonda.
Scrooge chiuse la finestra ed esaminò la porta di dove lo Spettro era entrato. Era chiusa a doppia mandata, com'egli stesso con le proprie mani avea fatto. I chiavistelli erano al posto. Gli corse alla bocca: "Sciocchezze!" ma alla prima sillaba si fermò in tronco. Si sentiva stracco, sia dalle fatiche del giorno o dall'ora tarda, sia piuttosto dalla commozione sofferta, dal balenio del mondo invisibile, dalle tristi parole dello Spettro. Tutto vestito com'era se n'andò a letto e si addormentò all'istante.

I

Quando Scrooge si destò, era così fitto il buio, che guardando dal letto, ei distingueva appena la finestra trasparente dalle pareti opache della camera. Ficcava nelle tenebre i suoi occhi da furetto, quando all'orologio di una chiesa vicina suonarono i quattro quarti. Scrooge stette in ascolto per sentir l'ora.

Con suo grande stupore, la grave campana passò dai sei colpi ai sette agli otto, e così fino a dodici. Allora tacque. Mezzanotte! erano le due passate quando s'era messo a letto. L'orologio andava male. Qualche ghiacciuolo s'era insinuato nelle ruote. Mezzanotte!

Premette la molla del suo orologio a ripetizione per correggere lo sproposito di quell'altro. Il rapido polso della macchinetta batté dodici colpi e s'arrestò.

- Eh via, non può essere - disse Scrooge - ch'io abbia dormito tutta una giornata e una seconda notte. Non può essere che gli abbia pigliato qualche malanno al sole e che sia mezzanotte quando è mezzogiorno! -

L'idea era allarmante, sicché egli tiratosi fuori del letto andò brancolando verso la finestra. Fregò con la manica della veste da camera sui vetri per veder qualche cosa; ma un gran che non arrivò a vedere. Vide che la nebbia era fitta e sentì un freddo indiavolato; nessun rumore per la via, nessuno strepito di gente che corresse su e giù, come senz'altro doveva essere se mai la notte avesse ammazzato il giorno e preso possesso del mondo. Questo fu un gran sollievo, perché, con la soppressione dei giorni, se n'andava in fumo l'eloquenza di certi suoi fogli: "A tre giorni data pagherete per questa mia prima di cambio all'ordine del signor Ebenezer Scrooge..."

Scrooge se ne tornò a letto, e messosi a pensare, a ruminare, a mulinare, a stillarsi il cervello sulla stranezza del caso, non ne cavò niente di niente. Più ci pensava, più s'imbrogliava; e più si sforzava di non pensare, più forte ci pensava. Lo spettro di Marley lo turbava assai. Quante volte, dopo maturo esame, risolveva in mente sua che tutto era stato un sogno, subito, come una molla che scattasse, il pensiero tornava indietro e gli ripresentava lo stesso problema da sciogliere: "Era stato o non era stato un sogno?"

Stette così fino a che l'orologio ebbe battuto altri tre quarti, e gli sovvenne allora, di colpo, che lo Spettro gli aveva annunziata una certa visita allo scocco dell'una. Risolvette di star desto fino a che l'ora fosse passata; e, considerando che oramai gli era così facile addormentarsi come volare nella luna, era quello il più saggio partito cui si potesse appigliare.

Quest'ultimo quarto gli sembrò così lungo, che più di una volta sospettò di essersi appisolato e di non aver sentito suonar l'ora. Alla fine uno squillo gli percosse l'orecchio.

- Din, don!

- Un quarto - disse Scrooge contando.

- Din, don!

- Mezz'ora - disse Scrooge.

- Din, don!

- Tre quarti - disse Scrooge.

- Din, don!

- Il tocco - esclamò Scrooge trionfante - e nient'altro! -

Avea parlato prima che il colpo battesse, il quale seguì subito con un suono profondo, cupo, dolente. Una luce improvvisa balenò nella camera e le cortine del letto furono tirate.

Dico che le cortine furono tirate da una mano: non già a capo od a piedi, ma proprio in quel punto dove egli avea volta la faccia. Le cortine furono tirate da parte; e Scrooge, balzando a sedere, si trovò faccia a faccia con l'essere soprannaturale che le avea tirate, così vicino come io a voi, io che sto in ispirito al vostro fianco.

Era una strana figura, un che tra il bambino ed il vecchio. Per un'arcana lontananza pareva ridotto alle proporzioni infantili. Aveva canuti i capelli, fluenti sul collo e giù per le spalle; ma non una ruga sul viso anzi il rigoglio più fresco. Lunghe le braccia e muscolose; e così pure le mani, come se dotate di una forza non comune. Di forme delicatissime le gambe e i piedi, nudi a pari delle braccia. Portava una tunica candidissima stretta alla vita da una cintura lucente. In mano teneva un ramoscello di verde agrifoglio; e, per uno strano contrasto a cotesto emblema invernale, avea la tunica tutta adorna di fiori d'estate. Ma la cosa più singolare era questa, che dal capo gli sprizzava un getto di luce viva pel quale tutte quelle cose si vedevano; ed era per questo senz'altro ch'egli si dovea servire, nei suoi momenti cattivi, di un cappellone a foggia di spegnitoio che ora si teneva sotto il braccio.

Ma nemmeno questa, quando Scrooge l'ebbe guardato meglio, era la stranezza maggiore. Perché, scintillando quella sua cintura in qua e in là con un subito scambio di luce e di ombra, la stessa persona pareva fluttuante e mutevole: ed ora si mostrava con un braccio solo, ora con una gamba, ora con venti gambe o con un par di gambe senza capo o con un capo senza corpo; né delle parti dissolventesi un qualunque tratto si potea scorgere nel buio fitto che le ingoiava. Di botto, tornava a essere come prima, chiaro e ben distinto.

- Siete voi lo Spirito - domandò Scrooge - la cui visita m'era stata predetta?

- Sono! -

Soave era la voce, ma così piana che pareva venir da lontano.

- Chi siete e che cosa siete? - domandò Scrooge.

- Sono lo Spirito di Natale passato.

- Passato da molto tempo? - chiese Scrooge, badando alla piccolezza del suo interlocutore.

- No. L'ultimo Natale vostro. -

Forse, se qualcuno gliene avesse chiesto, Scrooge non ne avrebbe saputo dire il perché; ma una gran voglia lo pungeva di veder lo Spirito con lo spegnitoio in capo. Epperò lo pregò che si covrisse.

- E che! - esclamò lo Spirito - vuoi tu spegnere così presto con mani profane la luce ch'io mando? Non ti basta di essere stato fra coloro le cui passioni fabbricarono questo cappello e mi hanno dannato a portarlo per anni e secoli calcato sulla fronte! -

Scrooge umilmente dichiarò di non avere avuto alcuna intenzione di offenderlo né aver mai fatto cosa per cui lo Spirito dovesse "prender cappello". Osò poi domandare che motivo lo aveva fatto venire.

- La tua salute! - rispose lo Spirito.

Scrooge se ne professò obbligatissimo, pensando nondimeno che una notte di riposo non disturbato avrebbe meglio giovato a quello scopo. Lo Spirito, si vede, lo udì pensare, perché subito disse:

- Il tuo riscatto, allora. Bada! -

Così dicendo, stese la mano e dolcemente lo prese pel braccio.

- Sorgi e seguimi! -

Invano avrebbe Scrooge allegato che il tempo e l'ora non si addicevano a una passeggiata a piedi; che il letto era caldo e il termometro sotto zero; che tutto il suo vestito si riduceva alla veste da camera, alle pantoffole e al berretto da notte; e che una infreddatura lo tormentava. Non c'era verso di resistere a quella stretta, benché soave come quella di una mano di donna. Si alzò; ma vedendo che lo spirito si avviava alla finestra, gli s'attaccò alla tunica in atto supplichevole.

- Sono un mortale - protestò - e potrei anche cadere.

- Che la mia mano ti tocchi qui! - disse lo Spirito ponendogliela sul cuore - e ben alto sarai sostenuto! -

A questo, passarono insieme attraverso il muro, ed ecco si trovarono in aperta campagna, sopra una strada che i campi fiancheggiavano. La città era scomparsa; non ne avanzava vestigio. Il buio e la nebbia eransi dileguati con essa, ed era una limpida giornata d'inverno, e la neve biancheggiava al sole.

- Dio di misericordia! - esclamò Scrooge stringendo le mani e volgendosi intorno. - Qui son venuto su io; qui ho passato la mia fanciullezza! -

Lo Spirito lo guardò con dolcezza. Quella sua stretta gentile, benché lieve e istantanea, era sempre sentita dal vecchio. Il quale anche aspirava migliaia di profumi vaganti per l'aria, connessi ciascuno con migliaia di pensieri, e speranze, e gioie, e dolori da gran tempo caduti in oblio.

- Il tuo labbro trema - disse lo Spirito. - È che hai costì sulla guancia? -

Scrooge balbettò, con un insolito balbettio della voce, che quella era una pustoletta, nient'altro. Era pronto a seguire lo Spirito dove meglio gli piacesse.

- Ti ricordi la via? - domandò lo Spirito.

- Se me ne ricordo! - esclamò Scrooge. - Ci andrei ad occhi chiusi.

- Strano però che per tanti anni te ne sia scordato! - osservò lo Spirito. - Andiamo. -

E andarono per quella via. Scrooge riconosceva ogni cancello, ogni albero, ogni piolo; quand'ecco apparve in distanza un villaggetto, col suo bravo ponte, la sua chiesa, il suo fiume tortuoso. Videro venire al trotto certi cavallini, montati da ragazzi, i quali chiamavano altri ragazzi in biroccino o su qualche carretta, guidati da un fattore. Tutti cotesti ragazzi erano in grande allegria e tante grida si scambiavano che la vasta campagna suonava di una musica gioconda e l'aria stessa rideva in udirla.

- Queste - disse lo Spirito - sono ombre di cose che furono. Non hanno coscienza di noi.

I lieti viaggiatori si avvicinavano; e via via, Scrooge li riconosceva e diceva il nome di ciascuno. Perché si rallegrava oltre ogni dire in vederli? perché gli brillava la fredda pupilla e il cuore gli diè un balzo? perché sentì un'insolita dolcezza, udendoli augurarsi un allegro Natale, nel punto di separarsi nei crocicchi o nei sentieri traversi per andarsene alle case loro? Che gli premeva a Scrooge di un allegro Natale? Al diavolo il Natale con tutta l'allegria! Che bene gli aveva mai fatto il Natale?

- La scuola non è ancora deserta - disse lo Spirito. - C'è un ragazzo lì, vedilo, che i compagni hanno lasciato da solo. -

Scrooge disse di riconoscerlo, e un impeto di singhiozzo lo prese alla gola.

Uscirono dalla via maestra per un ben noto sentiero, e presto si avvicinarono ad un fabbricato rossastro, col suo capannuccio in alto e la sua banderuola e in quello una campana sospesa. Era una gran casa, ma caduta in bassa fortuna; deserti gli stanzoni, umide e muffite le pareti, rotte le finestre e sdrucite le porte. I polli chiocciavano e si pavoneggiavano nelle stalle; le rimesse e le tettoie erano preda dell'erba. Né la parte interna serbava traccia dell'antico stato; perché, entrando nella corte malincorica e guardando per le porte spalancate di molte sale, videro queste miseramente fornite, fredde, ampie. C'era nell'aria un sentore terrigno, una nudità freddolosa in tutto, che in certo qual modo si associava all'idea dell'alzarsi troppo presto a lume di candela e del non aver molto da mangiare.

Andarono, lo Spirito e Scrooge, di là della corte verso una porta alle spalle della casa. Si aprì loro davanti, mostrando un camerone nudo e malinconico, che pareva anche più vuoto di quel che era per certe file di banchi e di leggii. Ad uno di questi, presso un misero fuocherello, leggeva tutto solo un ragazzo; e Scrooge cadde a sedere sopra uno di questi banchi e pianse a riveder sé stesso, misero, dimenticato, come allora soleva essere.

Non un'eco latente nella casa, non un rosicchio di topo, non una gocciola cadente nella corte della fontanina gelata a mezzo, non un sospiro fra i rami spogliati di un misero pioppo, non lo sbattimento monotono della porta di un magazzino vuoto, no, non un crepitio del fuoco che non cadesse soave sul cuore di Scrooge, che non gli spremesse più dolci le lagrime.

Lo Spirito gli sfiorò il braccio ed accennò al ragazzo leggente. Di botto, un uomo, straniero al vestito, si mostrò vivo e vero di là della finestra: portava un'accetta nella cintola e menava per la cavezza un somaro carico di legna.

- Vedi, vedi! - esclamò Scrooge in estasi. - È Alì Babà! quel caro vecchio di Alì Babà Eh, altro se lo riconosco! Un giorno di Natale, quando quel ragazzo lì avevano lasciato solo qui dentro, egli venne il buon Alì, venne per la prima volta, proprio come acesso

Povero ragazzo! E Valentino, quel birbone di suo fratello; eccoli tutti e due! E quell'altro, come si chiama, che fu deposto mezzo svestito e dormendo alle porte di Damasco: non lo vedete lì anche lui? E il valletto del Sultano voltato sottosopra dai Genii: eccolo lì col capo di sotto! Gli sta il dovere! bravo dieci volte! o che c'entrava lui a sposar la Principessa! -

Avrebbero avuto di che stupire i colleghi di Scrooge, se lo avessero udito effondersi in tanta tenerezza con una strana voce tra il pianto e il riso, se avessero veduto quella sua faccia rossa come di fuoco!

- Ecco il pappagallo! - esclamò Scrooge. - L'ali verdi e la coda gialla con in capo quel ciuffetto che pare una lattuga; eccolo davvero! "Povero Robinson Crusoe" così gli disse, quando tornò a casa dall'aver fatto il giro dell'isola. "Povero Robin, dove sei stato, Robin?" Lui si credeva di sognare, ma niente affatto. Era il pappagallo che parlava, capite. Ed ecco Venerdì che corre alla piccola baia per mettersi in salvo. Ohe! animo! avanti! -

Poi, con un'insolita rapidità di transizione, esclamò compiangendo l'altro sé stesso: "Povero ragazzo!" e di nuovo ruppe in lagrime.

- Vorrei - sussurrò, cacciandosi la mano in tasca e guardandosi attorno, dopo essersi asciugato gli occhi con la manica, vorrei.... ma è troppo tardi ormai.

- Che c'è? - domandò lo Spirito.

- Niente - rispose Scrooge. - Niente. C'è stato un ragazzo iersera che cantava alla mia porta una canzonetta di Natale. Vorrei avergli dato qualche cosa, ecco. -

Lo Spirito sorrise meditando e con la mano accennò di tacere. Poi disse: "Vediamo un altro Natale."

Subito il primo Scrooge si fece più grande e il camerone divenne più buio e più sudicio. Screpolavansi usci e finestre; piovevano pezzi d'intonaco e scoprivansi gli assicelli del soffitto. Come ciò accadesse, Scrooge lo sapeva quanto voi. Questo sapeva che le cose erano andate così per l'appunto; e che egli stava lì, solo come prima, sempre solo, quando tutti gli altri ragazzi erano scapolati a casa a godersi le buone feste.

Non leggeva ora; andava su e giù, disperato. Scrooge si volse allo Spirito, e tristemente crollando il capo guardò con ansia verso la porta.

Questa si aprì. Una ragazzina, molto più piccola del ragazzo, balzò dentro, gli gettò le braccia al collo, a più riprese lo baciò, chiamandolo: "Caro, caro fratello mio."

- Son venuto a prenderti, caro fratello! - disse la ragazzina, battendo palma a palma e chinandosi dal gran ridere. - Andiamo a casa, a casa, a casa!

- A casa, Fanny? - domandò il ragazzo.

- Sicuro! - ribatté la bambina tutta gioconda. - A casa per davvero, a casa oggi e sempre. Papà è tanto più buono di prima che adesso si sta a casa come in paradiso. Mi parlò con tanta dolcezza una certa sera, mentre me n'andavo a letto, che mi feci coraggio e tornai a domandargli se tu potevi venire a casa. Sì che potevi, mi rispose; e mi ha mandato adesso con una carrozza per prenderti. Diventi un uomo, sai! - soggiunse la bambina, aprendo tanto d'occhi; - e qui dentro non ci tornerai più; e staremo insieme tutti i Natali, capisci, una vera allegria!

- Sei proprio una donna adesso, Fanny! - esclamò il ragazzo.

Ella batté le mani, diè in una risata e fece per toccargli il capo. Ma era troppo piccina, sicché, ridendo sempre, si alzò in punta di piedi per abbracciarlo. Poi, nella sua foga infantile, prese a trascinarlo verso la porta; né egli nicchiava, ché anzi la seguiva di gran buona voglia.

Una voce terribile gridò nella corte: "Portate giù il baule di Scrooge!" E nel punto stesso apparve il maestro di scuola in persona, che squadrò il piccolo Scrooge con feroce condiscendenza e lo spaventò addirittura con una stretta di mano. Li menò poi, lui e la sorella, nella sala a terreno, vecchia e umida quant'altra mai, dove parevano lividi dal freddo i globi celesti e i mappamondi. Qui cavò da uno stipetto una boccia di vino annacquato e un pezzo di mattone in forma di focaccia, offrì di queste squisitezze ai due giovinetti, e mandò fuori un magro servitorello per offrire "qualche cosa" al postiglione. il quale ringraziò tanto tanto il signore, con questo però che se il vino era della stessa vigna che aveva assaggiato prima, se ne stava piuttosto a bocca asciutta. Intanto, il baule di Scrooge era stato legato sull'imperiale, i ragazzi allegramente dissero addio al maestro, balzarono in carrozza, e questa se n'andò di trotto giù pel viale del giardino. facendo schizzare come spruzzi di spuma dalle brune foglie delle semprevive la neve e la brina.

- Sempre delicata quella creaturina - disse lo Spirito; - un soffio l'avrebbe fatta appassire. Ma che cuore che aveva!

- Che cuore! - ripetette Scrooge. - Avete ragione, Spirito; né io vi contraddico, che Dio non voglia!

- È morta maritata - disse lo Spirito - e mi pare che avesse dei bambini.

- Uno ne aveva - rispose Scrooge

- È vero, - disse lo Spirito. - Tuo nipote! -

Scrooge pareva turbato assai e rispose breve: "Sì."

Benché proprio in quel punto si lasciassero dietro la scuola, già si trovavano per le vie affaccendate di una città, dove passavano e ripassavano ombre di uomini, dove si contendevano il passo ombre di carri e carrozze, con tutto il tramestio e il tumulto di una città viva e vera. Dalle mostre delle botteghe si vedeva chiaro che anche qui si festeggiava Natale; ma era sera e le vie erano illuminate.

Lo Spirito si fermò davanti a un certo magazzino e domandò a Scrooge se lo conosceva.

- Se lo conosco! - esclamò Scrooge. - Ma non sono stato commesso qui? -

Entrarono. Un vecchio signore in parrucca se ne stava a sedere dietro un banco; e questo era così alto, che se il signore avesse avuto due pollici di più, avrebbe dato del capo nel soffitto. Non sì tosto l'ebbe visto, Scrooge gridò quasi fuori di sé:

- Chi si vede? il vecchio Fezziwig! Dio lo benedica! È proprio lui in carne ed ossa! -

Il vecchio Fezziwig posò la penna e guardò all'orologio che già segnava le sette. Si fregò le mani; si aggiustò il largo panciotto; rise tutto quanto, da capo a piedi; e chiamò forte con una voce sonora, gioviale, abbondante:

- Ehi, costì! Ebenezer! Dick! -

Scrooge giovanotto entrò tutto svelto in compagnia dell'altro commesso.

- È desso, è Dick Wilkins! - disse Scrooge allo Spirito. - Sì davvero, eccolo lì. Mi voleva un gran bene quel Dick. Povero Dick! caro Dick!

- Ehi, dico, ragazzi! - gridò Fezziwig. - Si leva mano per stasera. Non lo sapete ch'è la vigilia di Natale? Su, chiudete le imposte! - e allegramente batteva le mani - chiudete, vi dico! uno, due, tre! -

Non si può credere come i due giovanotti si dessero attorno! Uscirono nella via con le imposte addosso, uno, due, tre - le misero a posto, quattro, cinque, sei - le sbarrarono e chiusero i catenacci, sette, otto, nove - e prima che aveste potuto contare fino a dodici, rieccoli dentro, ansanti come cavalli da corsa.

- Su, svelti! - gridò il vecchio Fezziwig, saltando giù dal suo seggiolone con una prestezza meravigliosa. - Fate largo, ragazzi, sgomberate! A te, Dick! da bravo, Ebenezer! -

Sgomberare! Avrebbero fatto uno sgombero in tutta regola sotto gli occhi del vecchio Fezziwig. In meno di niente era fatto. Ogni oggetto mobile fu portato via come se dovesse sparire per sempre dalla vita pubblica; l'impiantito spazzato e annaffiato, smoccolati i lumi, ammontato il carbone sul fuoco; ed ecco mutato il magazzino nella più acconcia ed asciutta e tiepida sala da ballo che si possa desiderare in una sera d'inverno.

II

Ed ecco entrare un sonatore di violino col suo scartafaccio, e arrampicarsi sul banco, e mutarlo in orchestra, e tentare certi accordi che parevano dolori di stomaco. Ecco la signora Fezziwig, grassotta e ridanciana. Ecco le tre signorine Fezziwig, raggianti e adorabili, seguite dai sei giovanotti di cui esse spezzavano i cuori. Ecco tutti i giovani e le giovani della casa. Ecco la cameriera col cugino panettiere. Ecco la cuoca col lattivendolo, amico intimo di suo fratello. Ecco il fattorino del magazzino accanto, sospettato di scarsa nutrizione da parte del suo principale, e tutto sollecito di nascondersi dietro la ragazza della bottega dirimpetto, cui la padrona, come tutti sapevano, aveva tirato le orecchie. Eccoli tutti, uno dopo l'altro; l'uno scontroso, l'altro ardito, questi con grazia, quegli con goffaggine, chi tirando e chi spingendo; eccoli tutti, in un modo o nell'altro. Venti coppie in una volta si muovono, si danno la mano, girano in tondo; dieci vengono avanti, tornano indietro; altre giratine parziali in tanti gruppi quante sono le coppie; la prima coppia attempata non è mai al suo posto, la prima coppia giovane si slancia fuori di tempo, tutte in ultimo diventano prime coppie e la confusione è al colmo e le risate rumoreggiano. A questo, il vecchio Fezziwig batte le mani in segno di alto, grida "bravo!" e il violinista immerge la faccia rubiconda in un boccale di birra, preparato a posta. Ma, sdegnando il riposo, subito riattacca gli accordi, benché non ci siano ballerini, come se il primo suonatore fosse stato trasportato a casa, disfatto, sopra un'imposta, e ch'egli fosse un suonatore nuovo di trinca risoluto ad eclissare il rivale o a morire.

Ci furono altre danze, e poi giuochi di penitenza, e danze da capo, e una focaccia, e il ponce, e un gran pezzo di arrosto rifreddo, e un altro gran pezzo di lesso rifreddo, e i pasticcini, e birra a profusione. Ma il grande effetto della serata venne appresso, quando il violinista (un bricconaccio che sapeva il fatto suo!) intonò la contradanza "Sir Roger de Coverly". Si fece avanti il vecchio Fezziwig per ballare con la signora Fezziwig, e a fare da prima coppia, anche. Un bel lavoro! ventiquattro coppie da guidare; quarantotto frugoli co' quali non c'era mica da scherzare, che in tutti modi volevano ballare e che non sapevano che cosa fosse l'andar di passo!

Ma fossero stati il doppio, e tre e quattro volte tanti, il vecchio Fezziwig te li menava come niente, e così pure la signora Fezziwig. In quanto a lei, era degna di lui in tutto e per tutto; e se questo vi par poco, dite voi che altro ho da dire. I polpacci di Fezziwig raggiavano proprio; splendevano qua e là nella danza come due lune; impossibile prevedere le fasi. E quando il vecchio Fezziwig e la signora Fezziwig furono arrivati in fondo alla danza, - avanti, indietro, le mani alla dama, inchino, giro, rigiro, avanti da capo, di nuovo a posto, - il vecchio Fezziwig saltò con tanta sveltezza che le gambe parvero saette e ricadde diritto come un fuso.

Battendo le undici, la brigata si sciolse. La coppia Fezziwig, postasi di guardia alla porta, si accommiatarono con una stretta di mano da ciascuno degli invitati, augurando a tutti un allegro Natale. Quando tutti furono partiti, meno i due commessi, anche con questi fecero lo stesso; e così le allegre voci si dileguarono e i due giovanotti se n'andarono a letto sotto un banco della retrobottega.

Durante tutta questa scena, Scrooge avea come farneticato. Con l'altro sé stesso, tutta l'anima sua vi aveva preso parte. Riconosceva ogni cosa, si ricordava, godeva, era agitatissimo. Solo quando i visi luminosi dell'altro sé stesso e di Dick furono scomparsi, ei si risovvenne dello Spirito e sentì che questi lo guardava fiso, mentre la luce del capo splendeva del massimo fulgore.

- Niente ci vuole - disse lo Spirito - per inspirare a cotesta povera gente tanta gratitudine.

- Niente! - ripeté Scrooge.

Lo Spirito gli fé cenno di ascoltare i due commessi, che si espandevano in lode di Fezziwig, e poi disse:

- Non è forse vero? Non ha speso che qualche centinaio di lire della vostra moneta mortale. Ti par tanto questo da meritare che lo si levi a cielo?

- Non è questo - esclamò Scrooge, punto da quella domanda e parlando inconsciamente come l'altro sé stesso. - Non è questo, Spirito mio. Egli ha modo di farci lieti o tristi; di rendere il nostro servizio grave o leggero, gradito o faticoso. Che il suo potere sia soltanto di parole e di occhiate, di cose così futili che non si possa registrarle e sommarle, che vuol dir ciò? La felicità che ci dona vale un tesoro. -

Sentì lo sguardo acuto dello Spirito e si fermò in tronco.

- Che c'è? - chiese lo Spirito.

- Niente - rispose Scrooge.

- Eppure - insistette lo Spirito - qualche cosa c'è.

- No - disse Scrooge - no. Soltanto vorrei poter dire una o due parole al mio commesso Ecco. -

L'altro sé stesso spense i lumi, mentre egli pronunciava quelle parole; e Scrooge e lo Spirito si trovarono di nuovo insieme all'aria aperta.

- L'ora incalza - disse lo Spirito. - Presto! -

Ciò non era detto a Scrooge né ad altri ch'egli vedesse, ma l'effetto fu immediato. Scrooge rivide sé stesso. Era adulto, nel fiore della vita. Non aveva ancora i lineamenti aspri di un'età più matura; ma già portava la prima impronta delle cure e dell'avarizia. C'era nell'occhio una mobilità irrequieta, avida, ardente, che rivelava la passione radicata e dove sarebbe caduta l'ombra dell'albero nascente.

Ei non era solo. Sedeva accanto a una bella fanciulla vestita a bruno. Alla luce dello Spirito, brillavano di lagrime gli occhi di lei.

- Poco importa - diceva ella con dolcezza - poco importa a voi. Un'altra ha preso il mio posto; e se vi vorrà tutto il bene che vi avrei voluto io e vi farà felice, non ho motivo di lamentarmi.

- Chi altra ha preso il vostro posto? - domandò egli.

- Un'altra che è di oro.

- Ecco la bella giustizia del mondo! - egli esclamò. - Siete povero, vi accoppa; cercate di arricchirvi, vi dà addosso peggio che mai!

- Voi ne avete troppa paura del mondo - ribatté dolcemente la fanciulla. - Tutte le vostre speranze si limitano a questa sola di sottrarvi al suo sordido disprezzo. Io ho veduto le vostre più nobili aspirazioni cadere ad una ad una fino a che la passione dominante, il lucro, vi ha assorbito. Non è forse vero?

- E che perciò? che male c'è se son divenuto più accorto? Verso di voi non son mica mutato. -

Ella crollò il capo.

- Son forse mutato?

- È antica la nostra promessa. Ce la scambiammo quando tutti e due eravamo contenti della povertà nostra, aspettando prima o dopo una sorte migliore dal nostro stesso lavoro. Voi sì che siete mutato. Eravate allora un altro uomo.

- Ero un ragazzo - ribatté egli con impazienza

- Ah no! - rispose la fanciulla - la coscienza vi fa sentire che non eravate quel che siete adesso. Io sì. Quel che ci prometteva la felicità quando avevamo un sol cuore, oggi che ne abbiamo due è fonte di dolori. Non dirò quante volte e con che pena ho pensato a questo. Vi basti che io ci abbia pensato e che possa ora rendervi la vostra parola.

- L'ho mai forse ridomandata?

- A parole, no, mai.

- E in che modo dunque?

- Mutando in tutto, nel carattere, nelle abitudini, nelle aspirazioni, in ogni cosa che vi faceva apprezzare il mio affetto per voi. Se nulla ci fosse stato tra noi - soggiunse la ragazza dolcemente ma con fermezza - ditemi, lo cerchereste ora quell'affetto? Ah, no! -

Mal suo grado, egli parve arrendersi alla giustezza di quella ipotesi. Disse nondimeno, facendosi forza:

- Voi non lo pensate.

- Così potessi pensare altrimenti - ribatté ella - e lo sa il cielo se lo vorrei! Quando una verità dolorosa come questa l'ho riconosciuta io stessa, so bene quanto sia forte e irresistibile. Ma se voi foste libero oggi, domani, posso io credere che scegliereste una ragazza senza dote, voi che nei momenti della più schietta espansione, tutto valutate a peso di guadagno? e se mai per un solo istante voleste tradire il principio che vi governa fino al punto di sposarla, non so io forse che il giorno appresso sareste tormentato dal pentimento? Lo so, ne sono sicura; epperò vi rendo la parola; ve la rendo con tutto il cuore, per l'amore di quell'altro che prima eravate. -

Egli fece per rispondere, ma ella proseguì voltandosi in là:

- Forse, la memoria del passato me lo fa quasi sperare, forse ne soffrirete. Poco però, ben poco, e scaccerete subito ogni ricordo come un sogno vano dal quale fu bene che vi svegliaste. Possiate esser felice nella vita che vi siete scelta! -

Lo lasciò e si separarono.

- Spirito! - disse Scrooge, - non mostrarmi altro! Menami a casa: Perché ti diletti a torturarmi?

- Un'altra sola ombra! - esclamò lo Spirito.

- No, no, basta! Non voglio vedere altro. Non mostrarmi altro! -

Ma lo Spirito inesorabile lo strinse fra le braccia e lo costrinse a guardare ancora.

Erano altrove e la scena era mutata: una stanza, non vasta né bella, ma comoda ed acconcia. Presso al fuoco d'inverno sedeva una bella giovinetta così somigliante a quella di poc'anzi che Scrooge la credette la stessa, fino a che non scorse proprio lei, l'altra, divenuta ormai una graziosa matrona, seduta di faccia alla figliuola. C'era nella stanza un fracasso dell'altro mondo, per via di una vera nidiata di bambini che Scrooge, nell'agitazione sua, non poteva contare; non erano già, come nella famosa canzone, quaranta ragazzi che se ne stavano cheti come se fossero uno solo, ma invece ciascuno di essi valeva per quaranta. Le conseguenze di ciò erano così tumultuose che non si può dire; ma nessuno se ne dava pensiero; invece madre e figlia se la ridevano cordialmente, e questa, mescolatasi un tratto a quei giuochi, fu subito crudelmente saccheggiata da quei minuscoli briganti. Che cosa non avrei dato io per essere uno di loro... benché così crudele non sarei stato mai, no, no! Per tutto l'oro del mondo non avrei arruffato e tirato giù quei capelli così bene aggiustati; e in quanto alla scarpettina aggraziata, non glie l'avrei mica strappata a forza. Dio mi benedica! nemmeno per salvarmi dalla morte. Un'altra cosa non avrei osato, che quei monelli facevano come se niente fosse: misurarle la vita: perché avrei temuto di esserne punito, rimanendo col braccio incurvato per tutta l'eternità. Eppure, lo confesso, avrei desiderato tanto tanto sfiorare quelle sue labbra, farle qualche domanda perché le aprisse, guardare le ciglia di quegli occhi abbassati senza provocare un rossore, sciogliere quell'onda di capelli di cui un sol ricciolino sarebbe stato un ricordo inestimabile; e in somma avrei voluto avere la libertà di un ragazzo ed essere abbastanza uomo da apprezzarne il valore.

Ma ecco, si sente bussare alla porta, e subito con tanta furia vi si scagliano tutti, che la poverina, tutta ridente e con le vesti gualcite, proprio nel mezzo del gruppo tumultuoso, trovasi davanti al babbo che torna a casa in compagnia di un uomo carico di balocchi e doni di Natale. Che strilli acuti, che lotta, che assalti all'indifeso portatore! che scalata gli davano montando sulle seggiole, che frugamenti gli facevano per le tasche, come lo spogliavano dei suoi fagotti, lo afferravano per la cravatta, gli s'appendevano al collo, gli davano pugni nelle reni e calci nelle gambe in segno d'irrefrenabile affezione! che grida di stupore e di giubilo allo svolgere di ogni fagotto! che spavento è quello di tutti quando si sorprende il più piccino nell'atto di cacciarsi in bocca la padella della bambola e lo si sospetta di aver ingoiato un tacchino di zucchero con tutta la tavoletta che lo sostiene! che sollievo immenso nel trovare che non ce n'era niente! che gioia, che gratitudine, che estasi! Tutte cose che non si possono descrivere. Basta sapere che i ragazzi con tutte le loro emozioni uscirono dal salottino, e su per una scaletta, uno dopo l'altro, se n'andarono a dormire, lasciando la calma dove testé aveva infuriato la tempesta.

Ed ora Scrooge guardò più intento, perché il padrone di casa, mentre la figliuola si appoggiava a lui con affetto, sedette con lei e con la madre davanti al caminetto; e quando pensò che una creatura come quella, graziosa e promettente, gli avrebbe dato il nome di padre e avrebbe fatto fiorire una primavera nel triste inverno della sua vita, si sentì la vista oscurata dalle lagrime.

- Bella - diceva il marito, sorridendo alla moglie, - oggi ho incontrato un vecchio amico.

- Chi?

- Indovina!

- Come vuoi che faccia?... Zitto, ci sono - soggiunse ridendo come lui. - Il signor Scrooge.

- Per l'appunto. Son passato pel suo banco; e siccome la finestra non era chiusa e una candela ardeva di dentro, non ho potuto fare a meno di vederlo. Il socio, sento dire, è in punto di morte; ed ei se ne stava là solo. Solo nel mondo, credo.

- Spirito! - esclamò Scrooge con voce soffocata - toglimi di qui!

- Ti ho detto - rispose lo Spirito - che queste son ombre di quel che fu. Non mi devi incolpare, se son ora quel che sono!

- Toglimi di qua! - tornò a pregare Scrooge. - Non resisto più! -

Si volse allo Spirito, e vedendo che questi lo guardava con un certo strano viso nel quale confondevansi tutti i visi apparsigli fino allora, gli si scagliò addosso.

- Lasciami! Riportami a casa. Non m'importunare di più! -

Nella lotta, se tale si potea dire quella in cui lo Spirito, senza visibile resistenza, rimaneva incrollabile e sereno a tutti gli sforzi dell'avversario, Scrooge notò che la luce gli brillava sempre più viva sul capo; e sospettando in quella la cagione dell'influenza sopra di sé esercitata, afferrò di botto il cappello a spegnitoio e con un rapido movimento glielo fece ingozzare.

Lo Spirito si accasciò sotto, in modo da esser tutto coperto dallo spegnitoio; ma per quanta forza mettesse Scrooge a premere con le due mani, non riusciva a nascondere la luce, la quale sfuggiva in onde dal labbro e spandevasi sul suolo.

Ei si sentiva fiaccato e una sonnolenza irresistibile lo vinceva; sentiva anche di trovarsi in camera propria. Diè allo spegnitoio un lattone d'addio, allentò le mani ed ebbe appena il tempo di raggomitolarsi nel letto prima di cadere in un sonno profondo.

I

Destato nel pieno di un russo prodigiosamente fragoroso e sorgendo a sedere nel mezzo del letto per raccogliere i suoi pensieri, Scrooge non ebbe bisogno di sentirsi dire che il tocco stava per suonare da capo. Sentiva di esser tornato in sé al momento preciso per abboccarsi col secondo messo mandatogli per mezzo di Giacobbe Marley. Se non che, per un molesto ribrezzo che lo pigliò pensando a quale delle cortine il novello Spirito si sarebbe affacciato, le aprì tutte con le proprie mani; poi, rimettendosi a giacere, stette tutto vigile a guardare intorno. Voleva subito affrontar lo Spirito e non già spiritar dalla sorpresa.

Le persone franche, le quali si vantano di non conoscere che un paio di emozioncelle e di star sempre salde ad ogni sorpresa, esprimono la vasta misura del loro coraggio impassibile dicendosi buone così per una partita a birilli come per sbudellare un uomo in duello. Tra i due estremi ci deve essere però un campo piuttosto vasto e variato. Senza osare di mettere Scrooge a quell'altezza, vorrei nondimeno farvi credere ch'egli era pronto a molte e strane apparizioni e che nulla, dalla vista di un bambino a quella di un rinoceronte, gli avrebbe recato un grande stupore.

Ora, l'essere preparato a tutto non volea mica dire ch'ei fosse preparato a niente; e per conseguenza, quando il tocco squillò e nessun'ombra apparve, ei fu preso da un violento tremore. Cinque minuti passarono, dieci, quindici, e niente veniva. Egli intanto, sempre giacente sul letto, si vedeva fatto centro di una gran luce rossastra, piovutagli sopra nel punto stesso in cui l'ora era battuta; la quale luce, non essendo altro che luce, era più spaventevole di una dozzina di spiriti, non potendo egli indovinare che cosa volesse dire e che ne uscirebbe. A momenti, lo pigliava il timore di essere egli stesso un caso interessante di combustione spontanea, senza aver neppure la consolazione di saperlo. Alla fine, però, incominciò a pensare - come voi ed io avremmo pensato subito, perché le persone estranee al caso sanno sempre egregiamente quel che si dovea fare nel tal caso e lo avrebbero fatto senz'altro - alla fine, dico, incominciò a pensare che l'arcana sorgente di cotesta luce spiritica potesse essere nella camera contigua; dalla quale infatti, seguendone i raggi, la si vedea scaturire. Preso da quest'idea, si alzò pianamente e se n'andò strascicando in pantoffole verso la porta.

Nel punto stesso che metteva la mano sul saliscendi una strana voce lo chiamò per nome e gl'impose di venire avanti. Scrooge obbedì.

Era la sua camera, proprio quella, ma trasformata mirabilmente. Pendevano dal soffitto e dalle pareti tante frasche verdeggianti, da formare un vero boschetto, di mezzo al quale le bacche lucenti mandavano raggi di fuoco vivo. Le frondi grinzose delle querce, dell'edera, dell'agrifoglio rimandavano la luce, come specchietti tremolanti; e una vampa così poderosa rumoreggiava su per la gola del camino, che quel gelido focolare non avea mai visto la simile a tempo di Scrooge e di Marley o per molti e molti inverni passati. Ammontati per terra, quasi a formare una specie di trono, vedevansi tacchini, forme di cacio, caccia, polli, gran tocchi di carne rifredda, porcellini di latte, lunghe ghirlande di salsicce, focacce e pasticcini, barili di ostriche, castagne bruciate, mele rubiconde, arance succose, pere melate, ciambelle immani, tazzoni di ponce bollente, che annebbiavano la camera col loro delizioso vapore. Adagiavasi su cotesto giaciglio un allegro Gigante, magnifico all'aspetto, il quale brandiva con la destra una torcia fiammante, quasi a foggia di un corno di Abbondanza, e l'alzava, l'alzava, per gettarne la luce sulla persona di Scrooge nel punto che questi spingeva dentro il capo dalla porta socchiusa.

- Entra! - gridò lo Spirito. - Entra! e impara a conoscermi, uomo! -

Scrooge entrò timidamente e piegò il capo davanti allo Spirito. Non era più l'arcigno Scrooge di prima; e benché gli occhi di quello fossero limpidi e buoni, non gli piaceva troppo di incontrarli.

- Io sono lo spirito di questo Natale - disse lo Spirito. - Guardami! -

Scrooge reverente obbedì. Portava lo Spirito una semplice veste verde-cupo, o tunica che fosse, orlata di pelo bianco, la quale con tanta scioltezza gli pendeva indosso, che l'ampio torace sporgeva nudo come sdegnoso di celarsi o difendersi in alcun modo. Anche i piedi, disotto alle ampie pieghe della veste, vedevansi nudi; e sul capo, nessun altro cappello che una ghirlanda d'agrifoglio aggraziata da ghiacciuoli scintillanti. Lunghi e fluenti i riccioli della chioma nera; liberi, come il viso era aperto e geniale, lucido l'occhio, aperta la mano, gioconda la voce, franchi gli atti, ridente l'aspetto. Legata alla cintura portava un'antica guaina, senza lama dentro e tutta mangiata dalla ruggine.

- Un altro come me, - esclamò lo Spirito, - tu non l'hai visto mai!

- Mai, - rispose Scrooge.

- Non sei andato attorno co' più giovani della mia famiglia; voglio dire (perché io sono giovanissimo) i miei fratelli maggiori nati in questi ultimi anni?

- Non mi pare, - disse Scrooge. - temo di no. Avete avuto molti fratelli, Spirito?

- Più di milleottocento, - rispose lo Spirito.

- Una famiglia tremenda a mantenere! - borbottò Scrooge.

Lo Spirito si alzò.

- Spirito, - pregò Scrooge in atto sommesso, - menatemi dove vi piace. Stanotte scorsa sono andato fuori per forza ed ho imparato una lezione che già mi va lavorando dentro. Questa notte qui, se m'avete da insegnar qualche cosa, fate che io ne profitti.

- Tocca la mia veste! -

Scrooge non se lo fece dire due volte e vi si tenne saldo.

Agrifoglio, querce, bacche rosse, edera, tacchini, cacio, polli, caccia, tocchi di carne, porcellini, salsicce, ostriche, focacce, pasticci, frutta, ponce, tutto sparì all'istante. E così pure la camera, e il fuoco, e la vampa rosseggiante, e l'ora della notte. Ed eccoli tutti e due, la mattina di Natale, per le vie della città, dove la gente faceva una certa musica barbaresca, ma non affatto spiacente, raschiando la neve davanti alle case o di sopra ai tetti, donde, fra le gioconde acclamazioni dei ragazzi, piovevano le bianche falde e turbinavano nell'aria burrasche artificiali.

Nere parevano le case, più nere le finestre, tra il bianco e morbido lenzuolo di neve steso sui tetti e la neve, un po' meno pulita, che copriva il suolo. Questa era stata dissodata ed arata in solchi profondi dalle ruote dei carri e delle carrozze; e cotesti solchi, all'incrociarsi delle vie principali, s'intersecavano cento e cento volte, facendo intricati canali nella mota giallognola e nell'acqua diacciata. Il cielo era fosco, e le vie più anguste erano affogate da una densa nebbia che cadeva in nevischio e in pioggia di atomi fuligginosi, come se tutti i camini della Gran Bretagna avessero preso fuoco di comune accordo e allegramente divampassero. In verità né il tempo era molto allegro né la città, e nondimeno una certa allegrezza spandevasi intorno che il più limpido cielo e il più splendido sole d'estate non avrebbero potuto dare.

Perché la gente che spazzava i tetti era piena di brio e di contentezza; si chiamavano da una casa all'altra, si scambiavano di tanto in tanto una pallottola di neve - proiettile più innocuo di parecchi frizzi - ridendo cordialmente se coglievano giusto e non meno cordialmente se sbagliavano la mira. Le botteghe dei pollaioli erano ancora mezzo aperte, quelle dei fruttivendoli raggiavano gloriose. Qua, dei grossi panieri di castagne, rotondi, panciuti, simili agli ampi panciotti di vecchi corcontenti, tentennavano fuori della porta, pronti a rovesciarsi nella via della loro apoplettica corpulenza. Là, delle cipolle di Spagna, rossastre, gonfie, lucenti nella loro carnosità come frati di Spagna, occhieggiavano furbescamente dall'alto delle scansie alle ragazze che passavano guardando di sottecchi ai rami sospesi di visco. E poi, pere e mele, ammontate in piramidi fiorenti; mazzi di grappoli che la benevolenza del venditore avea sospesi bene in vista, perché la gente si sentisse l'acquolina in bocca e si rinfrescasse gratis et amore; montagne di nocciuole, muscose e brune, che ricordavano con la loro fragranza antiche passeggiate nei boschi dove s'affondava fino alla noce del piede nelle foglie secche; biffins di Norfolk, paffuti e nericci, che rialzavano il giallo degli aranci e dei limoni, e nella compattezza delle succose persone urgevano e pregavano per essere portati a casa bene avvolti nella carta e mangiati dopo desinare. Gli stessi pesci d'oro e d'argento, esposti in tanti boccali fra tanta ricchezza di frutta, benché appartenessero ad una razza malinconica e fredda, si accorgevano in certo modo che qualche cosa d'insolito accadeva, e tutti, grossi e piccini, giravano e rigiravano aprendo la bocca pel loro piccolo mondo in una lenta e tranquilla agitazione.

E le drogherie! oh, le drogherie! chiuse a metà, o solo con una o due imposte tolte via; ma che bellezza di spettacolo traverso a quelle aperture! e non era soltanto che le bilance suonassero allegramente sul marmo del banco, o che le forbici tagliassero così svelte lo spago degli involti, o che i barattoli passassero rumoreggiando di mano in mano come bussolotti, o che i profumi mescolati del tè e del caffè accarezzassero il naso, o che i grappoli di uva passa fossero così pieni e biondi, e le mandorle così candide, e la cannella così lunga e dritta, e così squisite l'altre spezie, e le frutta candite così ben vestite e brillanti di zucchero da commuovere e far sdilinquire i più freddi spettatori. E non era nemmeno che i fichi fossero sugosi e polputi, o che le susine di Francia arrossissero nella loro agrezza pudica nelle scatole riccamente adorne, o che ogni cosa fosse buona da mangiare e si mostrasse nei suoi abiti della festa natalizia. Ma gli avventori bisognava vedere! gli avventori ansiosi e frettolosi, i quali per godere le provviste della giornata, si rotolavano l'uno sull'altro alla porta, si urtavano co' panieri, lasciavano sul banco la roba comprata, tornavano correndo a riprenderla, facendo cento errori simili con la maggior possibile allegria; mentre il droghiere e i suoi garzoni erano così franchi e gioviali che i lucidi fermagli a cuore dei loro grembiuli potevano passare pei loro cuori, esposti all'osservazione generale e a disposizione di chi più li volesse.

Ma di lì a poco le campane chiamarono la buona gente in chiesa o alla cappella, ed eccoli sbucare in frotta dalle vie con gli abiti della festa e i visi più allegri. E, nel punto stesso, ecco scaturire da vicoletti, androni, chiassuoli, una moltitudine di gente che portava il suo desinare al fornaio. La vista di cotesti poveri festaioli pareva star molto a cuore allo Spirito, il quale, con allato Scrooge, si fermò sulla soglia di un forno, e sollevando i coperchi dei piatti via via che passavano, spargeva incenso sulle vivande con una scossa della sua torcia. Strana torcia era questa, perché una o due volte, essendo corse parole vivaci fra alcuni di quei portatori di desinari, ei ne schizzò una spruzzaglia di acqua che subito li fece tornare di buon umore. Era una vergogna, dicevano, bisticciarsi il giorno di Natale. E così era in effetto! Dio di misericordia, così era!

Una dopo l'altra tacquero le campane e i forni si chiusero; eppure, nel vapore umido che si librava sopra ogni forno, le cui stesse pietre fumavano come se anch'esse si cocessero, c'era una gioconda irradiazione di tutti cotesti desinari e del cuocersi lento.

- C'è forse un sapore speciale nello spruzzo della vostra torcia? - domandò Scrooge.

- C'è. Il mio.

- E si può comunicare a qualunque desinare d'oggi?

- A qualunque desinare cordialmente offerto, e soprattutto ai più poveri.

- Perché?

- Perché i più poveri ne hanno più bisogno.

- Spirito, - disse Scrooge dopo aver pensato un momento, - io stupisco che proprio voi, fra tutti gli esseri dei tanti mondi che girano intorno, proprio voi vi siate accollato l'ufficio di lesinare a questa gente le occasioni di un piacere innocente.

- Io! - esclamò lo Spirito.

- Voi togliete loro il mezzo di desinare ogni settimo giorno, che è spesso il solo giorno in cui si possa dire che siedono a mensa. Non è forse vero?

- Io! - esclamò lo Spirito.

- Non siete voi che volete chiusi questi forni il settimo giorno? Mi pare che torni lo stesso.

- Io voglio cotesto! - esclamò lo Spirito.

- Perdonatemi se ho torto. In vostro nome si fa, o almeno in nome della vostra famiglia, - disse Scrooge.

- Vivono alcuni su cotesta tua terra, - rispose lo Spirito, - i quali si figurano di conoscer noi e compiono in nome nostro i loro atti di ira, orgoglio, malvagità, odio, invidia, ipocrisia, egoismo; e costoro sono così estranei a noi e a tutta la nostra famiglia come se mai fossero venuti al mondo. Ricordati questo, e le azioni loro addebita a loro, non già a noi. -

Scrooge promise che così avrebbe fatto; e andarono oltre, invisibili come prima, per entro ai sobborghi della città. Una singolare virtù avea lo Spirito (già da Scrooge notata pocanzi) che, ad onta della gigantesca statura, ei s'acconciava comodamente dovunque, e che sotto il tetto più basso serbava la stessa grazia e la stessa dignità soprannaturale che avrebbe spiegato sotto le volte maestose di un palazzo.

E fu per avventura la compiacenza che il buono Spirito trovava nel far mostra di cotesto suo potere, o forse la sua stessa natura generosa e cordiale e la sua simpatia per tutti i poveri, che lo portò difilato a casa del commesso di Scrooge. Ivi si recò, traendosi dietro Scrooge, attaccato al lembo della veste; e giunto sulla soglia, lo Spirito sorrise e si fermò per benedire la dimora di Bob Cratchit con gli spruzzi della sua torcia. Figurarsi! Bob non aveva che quindici bob alla settimana, come il popolo chiama gli scellini; tutti i sabati intascava appena quindici esemplari del suo nome di battesimo; eppure lo Spirito di Natale volle benedire quella sua casetta di quattro camere.

Si alzò allora la signora Cratchit, la moglie di Bob, con indosso una povera veste due volte rivoltata, ma tutta galante di nastri, i quali costano poco e fanno una figura vistosa. E la signora Cratchit mise la tovaglia, con l'aiuto di Belinda Cratchit, secondogenita, anch'ella raggiante di nastri; mentre il piccolo Pietro Cratchit, chinandosi per immergere una forchetta nella pentola delle patate, riusciva a cacciarsi in bocca le punte del suo mostruoso collo di camicia (proprietà paterna, conferita al figlio ed erede in onore della festa) e bruciava dalla voglia di far pompa di tanta biancheria nelle passeggiate alla moda. Due Cratchit più piccini, maschio e femmina, irruppero dentro gridando che di fuori al forno aveano sentito l'odore dell'oca e che l'avevano riconosciuta per l'oca loro; e inebriandosi nella festosa visione di una salsa di salvia e cipolla, i due piccoli Cratchit si dettero a danzare intorno alla tavola, e levarono a cielo il signor Pietro, il quale, umile in tanta gloria benché quasi soffocato dal collo immane, soffiava nel fuoco, fino a che le patate levarono il bollore e picchiarono forte al coperchio della pentola per esser tratte fuori e pelate.

- Che fa il babbo che non si vede! - disse la signora Cratchit. - E vostro fratello, Tini Tim? E Marta? l'altro Natale era già qui da mezz'ora!

- Ecco Marta, mamma! - disse una giovinetta entrando.

- Ecco Marta, mamma! - gridarono i due Cratchit piccini. - Se sapessi che oca c'è, Marta, che oca!

- Ah, figliuola mia, che Dio ti benedica, come vieni tardi! - disse la signora Cratchit, baciandola una dozzina di volte e togliendole lo scialletto e il cappellino con materna sollecitudine.

- Abbiamo avuto un sacco di lavoro da finire, rispose la fanciulla, - e s'aveva a consegnarlo stamane, mamma.

- Bene, bene! Adesso che ci sei, non importa, - disse la signora Cratchit. - Mettiti un po' qui al fuoco, cara, datti una fiammatina, che il Signore ti benedica!

- No, no! Ecco papà che viene, - gridarono i due piccoli Cratchit, che si trovavano nel momento stesso dapertutto. - Nasconditi, Marta, nasconditi! -

E Marta si nascose; e subito, ecco entrare Bob, il padre, con tre braccia di cravatta pendente davanti, senza contar la frangia, co' vestiti ben rimendati e spazzolati per parer di festa, e con Tiny Tim sulla spalla. Povero Tiny! ci portava una gruccetta e una macchinetta di ferro per tenersi ritto!

- E Marta dov'è? - esclamò Bob guardandosi attorno.

- Non viene - rispose la moglie.

- Non viene! - ripetette Bob, perdendo di botto tutta l'allegria con la quale avea trottato per conto di Tiny dalla chiesa fino a casa. - Non viene, il giorno di Natale! -

Marta mal soffriva di vederlo scontento, fosse anche per celia; sicché sbucò prima del tempo dal suo nascondiglio e gli si gettò fra le braccia, mentre i due piccoli Cratchit si pigliavano Tiny Tim e se lo portavano nel lavatoio per fargli sentire come cantava il bodino nella casseruola.

- E come s'è portato il piccolo Tim? - domandò la signora Cratchit, dopo aver motteggiato Bob sulla sua credulità e dopo che questi si fu saziato di abbracciar la figliuola.

- Come un angelo, - rispose Bob, - e meglio ancora. Stando tanto tempo a sedere, diventa meditativo e non ti puoi figurare che strani pensieri gli vengono. M'ha detto or ora, tornando a casa, che sperava essere stato guardato in chiesa dalla gente, storpio com'è, e che deve far piacere, il giorno di Natale, ricordarsi di colui che fece camminare i poveri zoppi e vedere i ciechi. -

La voce di Bob tremava un poco così dicendo, e più forte tremò quando soggiunse che Tim s'andava facendo più sano e più forte.

S'udì l'agile gruccetta sbattere sull'impiantito, e Tiny Tim subito riapparve, accompagnato dal fratello e dalla sorella fino al suo sgabelletto accanto al fuoco. Bob intanto, rimboccate le maniche - quasi che, poveretto, si potessero consumare di più! - faceva in una brocca un suo miscuglio di ginepro e limone e girava e rigirava e lo metteva sul fuoco a bollire; mentre il piccolo Pietro co' due Cratchit onnipresenti correvano a prendere l'oca, con la quale tornarono di lì a poco in processione solenne.

Tanto fu il trambusto che ne seguì da far pensare che un'oca fosse il più raro fra i volatili, un fenomeno pennuto, al cui confronto un cigno nero era la bestia più naturale di questo mondo: e davvero in quella casa c'era da credere che così fosse. La signora Cratchit fece friggere il succo, già preparato in una padellina; Pietro, con vigore incredibile, si diè a schiacciare le patate; la signorina Belinda inzuccherò il contorno di mele; Marta strofinò le scodelle; Bob si fece seder vicino Tiny Tim a un cantuccio della tavola; i due piccoli Cratchit disposero le sedie per tutti, non dimenticando sé stessi, e piantatisi di guardia ai posti loro si cacciarono i cucchiai in bocca per non gridar prima del tempo di voler l'oca. Alla fine, messi i piatti, fu detto il benedicite. Successe un momento di silenzio profondo, mentre la signora Cratchit, guardando lungo il filo del coltello, si preparò a trafiggere la bestia. Ma quando il coltello fu immerso, quando sboccò dalla ferita il ripieno tanto aspettato, un mormorio di allegrezza si levò tutt'intorno alla tavola, e lo stesso Tiny Tim, messo su dai due piccoli Cratchit, si diè a battere sulla tovaglia col manico del coltello e fece sentire un suo debole evviva!

Un'oca simile non s'era mai data. Disse Bob che, secondo lui, un'oca di quella fatta non era stata cucinata mai. La sua tenerezza, il profumo, la grassezza, il buon mercato furono oggetto dell'ammirazione universale. Col rinforzo del contorno di mele e delle patate, il pranzo era sufficiente: anzi, come diceva tutta contenta la signora Cratchit guardando ad un ossicino nel piatto, non s'era potuto mangiar tutto! Eppure ciascuno s'era satollato, e i due Cratchit minuscoli specialmente erano immollati di salvia e cipolle fino agli occhi! Ma ora, mutati i piatti dalla signorina Belinda, la signora Cratchit uscì sola - tanto era nervosa da non voler testimoni - per prendere il bodino e portarlo in tavola.

E se il bodino non era a tempo di cottura! e se si rompeva nel voltarlo! e se qualcuno, di sopra al muro del cortile, se l'avesse rubato mentre di qua si facea tanta festa all'oca! I due piccoli Cratchit si fecero lividi a quest'ultima supposizione. Ogni sorta di orrori furono immaginati.

Olà! questo sì ch'è fumo! il bodino è fuori della casseruola. Che odor di bucato! È il tovagliolo che lo involge. Un certo odore che è tutt'insieme di trattoria e del pasticciere accanto e della lavandaia che sta a uscio e bottega! Questo poi era il bodino. In meno di niente, ecco entrare la signora Cratchit, accesa in volto, ma ridente e gloriosa, col bodino in trionfo, simile a una palla di cannone chiazzata, liscia, compatta, ardendo in un quarto di quartuccio d'acquavite in fiamme, e con in cima bene infisso l'agrifoglio di Natale.

Oh, un bodino stupendo! disse Bob, gravemente, ch'ei lo riguardava come il massimo trionfo della signora Cratchit dal matrimonio in poi. La signora Cratchit, liberatasi ormai di quel gran pensiero, confessò schiettamente di essere stata un po' in dubbio sulla quantità della farina. Ciascuno disse la sua, ma nessuno osservò o pensò che un bodino di quella fatta fosse scarso per una famiglia numerosa. Questa sarebbe stata un'eresia bell'e buona, e l'ultimo del Cratchit ne avrebbe arrossito fino alla radice dei capelli.

Alla fine, terminato il desinare, si sparecchiò, si spazzò il camino, si attizzò il fuoco. Assaggiato e trovato squisito il miscuglio nella brocca, furono messe in tavola mele ed arancie e una palettata di castagne sul fuoco. Allora tutta la famiglia si strinse presso al fuoco in circolo, come Bob diceva per significare un semicircolo; e accanto a Bob fu messo tutto il servizio di cristalli: due bicchieri e un vasettino da crema, senza manico. I tre recipienti però raccolsero la calda bevanda né più né meno che tre coppe d'oro avrebbero fatto; e Bob la servì intorno con viso raggiante, mentre le castagne sul fuoco barbugliavano e scoppiettavano. Poi Bob disse forte:

- Un allegro Natale a tutti noi, cari miei. Dio ci benedica! -

Tutta la famiglia ripeté l'augurio.

- Dio benedica tutti quanti siamo! - disse, ultimo di tutti, Tiny Tim.

Sedeva sul suo sgabelletto, proprio accosto al padre. Bob gli teneva la manina scarna per meglio fargli sentire il suo affetto, e se lo voleva sempre vicino, e quasi avea paura di vederselo portato via.

- Spirito, - disse Scrooge con insolita sollecitudine, - dimmi se Tiny Tim vivrà.

- Vedo un posto vuoto - rispose lo Spirito, - all'angolo del povero focolare, e una gruccetta gelosamente custodita. Se queste ombre non muterà l'avvenire, il fanciullo morrà.

- No, no, - esclamò Scrooge. - Oh no, buono Spirito! dimmi che sarà risparmiato.

- Se queste ombre non muterà l'avvenire, nessun altro della mia stirpe, - rispose lo Spirito, - lo troverà qui. Che monta? S'egli muore, tanto meglio, perché di tanto scemerà il soverchio della popolazione. -

Scrooge abbassò il capo, udendo le proprie parole citate dallo Spirito, e si accasciò sotto il pentimento e il dolore.

- Uomo, - disse lo Spirito, - se d'uomo è il tuo cuore e non di adamante, lascia cotesto tuo tristo linguaggio, finché non saprai qual è quel soverchio e dov'è. Osi tu forse decidere quali uomini debbano vivere, quali morire? Può darsi che agli occhi del cielo, tu sii più indegno di vivere che non milioni di creature simili al fanciullo di questo povero uomo. Oh Dio! udir l'insetto sulla foglia pronunciare che c'è troppi viventi fra i suoi fratelli affamati nella polvere! -

Tremò Scrooge al fiero rabbuffo e abbassò umile gli occhi. Ma subito li rialzò, udendo pronunziare il suo nome.

- Al signor Scrooge! - disse Bob; - propongo un brindisi al signor Scrooge, protettore di questa festa!

- Bel protettore davvero! esclamò la signora Cratchit facendosi rossa. - Lo vorrei qui, lo vorrei. Gli darei una certa festa a modo mio, che non gli andrebbe mica a genio.

- Mia cara, - disse Bob, - ci sono i ragazzi; è Natale!

- Un bel giorno di Natale - ribatté la moglie - se s'avesse a bere alla salute di un uomo così odioso, taccagno, duro, egoista come quello Scrooge. Tu lo sai, Bob! nessuno lo sa meglio di te, poveretto!

- Cara mia, - ripeté Bob con dolcezza, - è Natale.

- Beverò alla sua salute per amor tuo e perché è Natale, - disse la signora Cratchit, - per lui no. Cento di questi giorni, un allegro Natale e felice capo d'anno! Starà proprio allegro e felice, figurati! -

I ragazzi bevvero anch'essi alla salute di Scrooge. Era il primo dei loro atti che non fosse cordiale. Tiny Tim bevve in ultimo, ma non gliene importava niente. Scrooge era l'Orco della famiglia. Il solo nome di lui avea gettato sulla lieta brigata un'ombra, che non si dileguò per cinque buoni minuti.

Dopo che fu svanita, tornò l'allegria dieci volte più schietta, pel solo sollievo di essersi sbrigati di Scrooge il Malo.

Bob Cratchit disse loro di avere in vista un certo posticino per messer Pietro che avrebbe portato in casa una sommetta di sei lire e cinque soldi la settimana. I due Cratchit minuscoli si sganasciarono dalle risa all'idea che Pietro diventava uomo d'affari; e Pietro, per conto suo, guardò tutto pensoso al fuoco di mezzo alle punte del collo, quasi ventilando dentro di sé che sorta d'investimenti avrebbe preferito quando fosse entrato in possesso di una rendita così sbalorditiva. Marta, povera apprendista da una crestaia, disse allora che sorta di lavoro avea da fare e quante ore di fila lavorava e che si volea levar tardi il giorno appresso e godersi il riposo della festa. Disse pure di aver visto qualche giorno fa una contessa e un gran signore, e che il signore avea su per giù la statura di Pietro; al che, Pietro si tirò così alto il collo che non gli avreste più visto il capo. E intanto, castagne e bevande andavano intorno; e poi ci fu una canzone a proposito di un ragazzo smarrito nella neve, e la cantò Tiny Tim; la cantò con la sua vocina dolente, ma molto bene davvero, molto bene.

Niente di nobile in tutto ciò. La famiglia non era bella; nessuno sfoggio di vestiti; le scarpe tutt'altro che impermeabili; meschina la biancheria; forse e senza forse Pietro avea anche fatto una certa conoscenza col rigattiere. Ma erano felici nondimeno, riconoscenti, lieti di trovarsi insieme; e nel punto stesso che si dileguavano, sembrando ancor più felici nella pioggia di luce di cui gl'inondava la torcia dello Spirito in segno d'addio, Scrooge li guardò fiso, soprattutti Tiny Tim, fino all'ultimo istante.

Calava intanto la notte e cadea fitta la neve: e mentre Scrooge e lo Spirito andavano per le vie, era mirabile lo splendore dei fuochi rugghianti nelle cucine, nei tinelli, in ogni sorta di stanze. Qua, la fiamma vacillante mostrava i preparativi di un buon pranzetto, co' piatti messi in caldo davanti al fuoco, con le spesse tendine rosse pronte ad essere abbassate per tener fuori il freddo e le tenebre. Là, tutti i ragazzi della casa sbucavano correndo nella neve per essere i primi a salutare le sorelle maritate, i fratelli, gli zii, le zie, i cugini, le cugine. Qua, ancora, si ripercotevano sulle tende le ombre dei convitati; e là, un gruppo di belle fanciulle, tutte incappucciate e con gli stivaletti impellicciati, e tutte chiacchierando a coro, se n'andavano saltellanti da qualche loro vicino; e guai allora allo scapolo - e ben lo sapevano le furbe! - guai allo scapolo che le avesse viste entrare in un baleno di luce e di bellezza!

Dal numero della gente che si avviava alle amichevoli riunioni, c'era da figurarsi che nessuno fosse in casa per ricevere, mentre invece in ogni casa s'aspettava gente e si faceano enormi fiammate nei caminetti. Come esultava lo Spirito, Dio benedetto! come scopriva l'ampio torace, come apriva la palma capace, e si librava alto, versando su tutto con mano generosa lo splendore della sua gioia innocente! Perfino il lumaio, che correva avanti punteggiando di luce le vie tenebrose, già agghindato per passar la sera in qualche posto, rise forte quando lo Spirito gli fu accanto, benché non sapesse di aver altra compagnia che quella del Natale!

Di botto, senza che lo Spirito ne desse avviso con una parola, si trovarono in una deserta e malinconica palude, disseminata di massi mostruosi di pietra greggia, come se fosse un cimitero di giganti. L'acqua si spandeva libera dove più le piacesse, o almeno così avrebbe fatto se il gelo non l'avesse imprigionata. Non vi cresceva altro che musco, ginestra, erbaccia. Giù, verso occidente, il sole al tramonto avea lasciato una striscia infocata, che un momento balenò, come il vivido sguardo di un occhio dolente, su quella desolazione, e via via velandosi sotto le palpebre si spense nell'orrore di una notte profonda.

- Che è qui? - domandò Scrooge.

- Qui - rispose lo Spirito - vivono i minatori, i quali lavorano nel ventre della terra. Ma essi mi conoscono. Guarda! -

II

Brillò una luce alla finestretta di una capanna e subito andarono verso di quella. Attraversando il muro di sassi e mota, trovarono una gaia brigata raccolta intorno a un bel fuoco. Un vecchio decrepito e la sua donna, co' loro figli, e i figli de' figli, e un'altra generazione per giunta, rilucevano tutti nei loro abiti di festa. Il vecchio, con una voce che di rado levavasi sui sibili del vento all'aperto, cantava loro una canzone di Natale, una canzone già antica di molto quando egli era ragazzo; di tanto in tanto, gli altri a coro ripetevano il ritornello. Alzandosi le voci loro, si alzava anche e diveniva più giooonda la voce del vecchio; finito il ritornello, cadeva insieme la voce di lui.

Non s'indugiò lo Spirito fra quella gente, ma imponendo a Scrooge di tenerglisi forte alla veste, varcò tutta la palude e si librò... sul mare, forse? Sì, proprio, sul mare. Voltandosi indietro, Scrooge ebbe ad inorridire vedendo lontano le rive, una fila spaventevole di scogli; e lo intronava il tuono dei flutti furiosi che fra le atre caverne scavate avvolgevansi, muggivano, infuriavano, fieramente si sforzavano di minar la terra.

Eretto sopra un banco di roccie basse, una lega all'incirca dalla riva, contro le quali rompevansi le acque per quanto lungo era l'anno, stava solitario un faro. Aderivano alla base enormi viluppi di alghe, e gli uccelli della tempesta - partoriti forse dal vento come l'alga del mare - vi svolazzavano intorno alzandosi e abbassandosi come le onde che sfioravano con l'ala.

Ma anche qui, due guardiani aveano acceso un loro fuoco, e questo traverso alla feritoia del muro massiccio mandava un raggio lucente sulle tenebre del mare. Strigendosi le mani callose di sopra alla rozza tavola e al loro boccale di ponce, si davano l'un l'altro il buon Natale; e il più vecchio dei due, dalla faccia accarnata e cicatrizzata dalle intemperie come una di quelle teste scolpite che sporgono dalla prua di una vecchia nave, intuonò una selvaggia canzone che poteva parere una raffica.

E lo Spirito andava, andava sempre sulle onde cupe e anelanti, fino a che, lontani da ogni riva, com'ei disse a Scrooge, raccolsero il volo sopra un bastimento. Qua il pilota alla sua ruota, lassù nella gabbia la vedetta, più in là gli ufficiali di quarto: figure fantasticamente immobili: ma ciascuno di loro canticchiava una canzone di Natale, o pensava a Natale, o di qualche passato Natale parlava basso al compagno con soavi speranze di ritorno. E ciascuno a bordo, desto o dormiente, buono o malvagio, aveva avuto per l'altro una parola più gentile che in qualunque altro giorno dell'anno; avea partecipato in una certa misura alla festa; avea ricordato i cari lontani, pensando con dolcezza al loro memore affetto.

Fu per Scrooge una gran sorpresa, mentre badava ai gemiti del vento e pensava alla terribilità del muoversi fra le tenebre vaneggianti sopra una ignota voragine, profonda e segreta come la morte, fu per Scrooge una gran sorpresa, così assorto com'era, l'udire una risata squillante. E crebbe la sorpresa a mille doppi, quand'ei riconobbe la voce del proprio nipote e si trovò in un salottino ben rischiarato, ben caldo, aggiustato, con accanto lo Spirito che sorrideva e che fissava quel medesimo nipote con uno sguardo di compiacenza.

- Ah, ah! - rideva il nipote di Scrooge. - Ah, ah, ah! -

Se mai, per un caso poco probabile, vi capitasse d'incontrare un uomo che ridesse più cordialmente del nipote di Scrooge, io vi dico che sarei lietissimo di farne la conoscenza e di cercarne la compagnia. Vogliate presentarmelo, ve ne prego.

È un bel compenso, ed è anche giusto e consolante nell'ordine delle cose umane, che se il dolore e il malanno si attaccano, non ci sia al mondo cosa più contagiosa del buonumore e del riso. Il nipote di Scrooge rideva, tenendosi i fianchi, scotendo il capo, facendo col viso le più strane contorsioni; la moglie, anch'essa nipote di Scrooge, rideva con la stessa espansione; tutti gli amici raccolti ridevano sgangheratamente, con tutto il cuore e con un fracasso indicibile.

- Ah, ah! Ah, ah, ah, ah!

- Ha detto, figuratevi, che Natale è una sciocchezza! - gridava il nipote di Scrooge. - Com'è vero che son vivo, l'ha detto. E lo pensava pure!

- Due volte vergogna per lui, Federigo! - esclamò tutta accesa la nipote di Scrooge. Benedette coteste donne; non fanno mai niente a mezzo. Pigliano tutto sul serio.

Era graziosa, molto graziosa. Un visino tutta ingenuità, stupore e pozzette; un bocchino maturo, che pareva fatto per esser baciato, e lo era di certo; ogni sorta di fossettine intorno al mento, le quali confondevansi insieme quando ella rideva; il più raggiante par d'occhi che abbia mai illuminato fronte di fanciulla. In complesso, una certa figurina provocante, capite; ma anche pronta a dar soddisfazione. Oh, altro che pronta!

- È buffo davvero il vecchio - disse il nipote di Scrooge, - questa è la verità. Niente di male se fosse un tantino meno scontroso. Fatto sta che i suoi stessi difetti sono il suo malanno, ed io non ho niente da dire contro di lui.

- Scommetto ch'è ricco sfondato, - venne su la nipote di Scrooge. - Sei tu stesso, Federigo, che me lo dici sempre.

- E che vuol dire, cara mia! La ricchezza sua non gli serve a niente; non fa un briciolo di bene, nemmeno per sé. Non ha nemmeno la soddisfazione di pensare... ah, ah, ah!... che ce la serba a noi tutta quanta, proprio a noi.

- Io non lo posso vedere, - affermò la nipote di Scrooge. Le sorelle di lei e tutte le altre signore espressero lo stesso sentimento.

- Oh, io sì invece! - disse il nipote. - Me ne dispiace per lui; se pure mi vi provassi, non riuscirei a volergli male. Chi è che ne soffre pei suoi capricci? Lui, nessun altro che lui. Ecco, per esempio, ora s'è fitto in capo di guardarmi di traverso e non vuol venire a desinare con noi. Che ne viene?... ogni lasciato è perso. È vero però che un gran pranzo non lo ha perduto...

- Niente affatto, - interruppe la moglie, - io credo invece che ha perduto un pranzo eccellente. - Tutti a coro dissero lo stesso, e ne aveano da saper qualche cosa, perché appunto si alzavano di tavola e si stringevano intorno al fuoco.

- Tanto meglio, ci ho gusto! - disse il nipote di Scrooge, - perché davvero non ho una fede straordinaria in questa donnetta di casa. Che ne dite voi, Topper? -

Topper, si vedeva chiaro, aveva adocchiato una sorella della nipote di Scrooge, perché rispose che uno scapolo era una disgraziata creatura incapace di emettere un parere in proposito: Al che la sorella della nipote di Scrooge - quella pienotta col fazzoletto di pizzi, non quell'altra con le rose - si fece rossa come una ciliegia.

- Continua, Federigo - disse la nipote di Scrooge, battendo le mani. - Questo benedetto uomo lascia sempre i discorsi a mezzo! -

Il nipote di Scrooge dette in un'altra risata, e poiché non si poteva evitare il contagio, quantunque la ragazza pienotta lo tentasse a furia di aceto aromatico, l'esempio fu seguito da tutti.

- Stavo per dire - riprese il nipote di Scrooge - che per dato e fatto del suo guardarci di traverso e della sua cocciutaggine di non stare allegro con noi, egli si perde dei momenti piacevoli, che non gli farebbero niente di male. È certo ch'ei si priva di una compagnia meno uggiosa di quanti pensieri può trovare in quella stamberga umida del suo banco o nelle sue camere polverose. Per me, tutti gli anni, voglia o non voglia, gli farò la stessa offerta, perché mi fa pena. Padronissimo di schernire il Natale fino al giorno del giudizio, ma non potrà fare a meno di pensarne un po' meglio, sfido io, quando mi vedrà ricomparire tutti gli anni sempre di buon umore, per domandargli: Come si va, zio Scrooge? Se questo servisse nient'altro che a fargli venir l'idea di dar cinquanta sterline a quel diavolaccio del suo commesso, tanto per far cifra tonda, sarebbe già qualche cosa. E se non mi sbaglio, debbo averlo scosso ieri. -

Adesso toccò agli altri a ridere, all'idea di cotesto scotimento: Ma essendo egli un bravo ragazzo né curandosi di che ridessero, purché ridessero, gl'incoraggiò nella loro espansione, facendo allegramente circolare la bottiglia.

Dopo il thè, si fece un po' di musica. Perché davvero tutta la famiglia era musicale e sapeva il fatto suo quando intuonava un'arietta o un ritornello; Topper in ispecie, il quale pigliava ogni sorta di note di basso profondo, senza gonfiar le vene della fronte e senza farsi rosso come un gambero. La nipote di Scrooge suonava l'arpa assai benino; e, fra le altre, suonò un'arietta semplicissima (una cosa da nulla, che in due minuti avreste imparato a zufolare), la quale era stata familiare alla bambina che veniva a prendere Scrooge alla scuola, come gli avea ricordato lo Spirito dell'altro Natale. Suonandogli dentro le note di quella cantilena, tutte le cose mostrategli dallo Spirito gli tornavano in mente. Via via si sentì rammollire; e pensò che se avesse potuto udirle spesso, tanti anni fa, avrebbe forse coltivato con le proprie mani e per la propria felicità le gentilezze affettuose della vita, anzi che ricorrere per conforto alla vanga del becchino che avea scavato la fossa di Giacobbe Marley.

Ma non tutta la sera fu dedicata alla musica. Dopo un po', vennero i giuochi di penitenza; perché fa bene a momenti tornar bambini, e più che mai a Natale, ch'è una festa istituita da Dio fattosi anch'egli bambino. Aspettate! Si giocò prima di tutto a mosca cieca: Era naturale. Ed io credo tanto che Topper fosse cieco davvero per quanto posso credere che avesse gli occhi negli stivali. A parer mio, c'era una tacita intesa tra lui e il nipote di Scrooge; e anche lo Spirito n'era a parte. Il suo modo di correr dietro alla sorella pienotta dal fazzoletto di pizzi era proprio un oltraggio alla umana credulità. Inciampando nelle seggiole, facendo cader le molle, urtando contro il pianoforte, soffocandosi nelle tende, dovunque ella andava, Topper andava appresso. Sapeva sempre dove trovavasi la ragazza pienotta. Se gli andavate addosso, come qualcuno facea, e gli stavate davanti, egli fingeva di volervi afferrare facendo così un affronto alla vostra perspicacia, e subito sgusciava di fianco nella direzione della sorella pienotta. Ella gridava spesso che non istava bene; ed avea ragione, poverina! Ma quando alla fine l'afferrò; quando, a dispetto dei guizzi di lei e del fruscio della sottana di seta, ei la incalzò in un cantuccio donde non c'era più scappatoia; allora la sua condotta fu a dirittura esecrabile. Perché infatti quel suo pretendere di non conoscerla, e che era necessario di toccarle la pettinatura, e che si dovea assicurare dell'identità stringendo non so che anello al dito di lei e palpando non so che catena ch'ella portava al collo, fu davvero una mostruosa vigliaccheria! E non c'è dubbio che la ragazza gli disse il fatto suo, quando, venuta in mezzo un'altra persona bendata, si dettero insieme a bisbigliare con tanto accaloramento dietro le tende.

La nipote di Scrooge non giuocava con gli altri a mosca cieca, e si raggomitolava tutta in poltroncina, con uno sgabelletto sotto i piedi, in un cantuccio dove lo Spirito e Scrooge le stavano alle spalle. Ma alle penitenze prese parte e rispose d'incanto al "Come vi piace?" con tutte le lettere dell'alfabeto. Così pure nel gioco del "Come, quando e dove", si dimostrò grande a dirittura, e con represso giubilo del marito, sgominò tutte le sorelle; benché anche queste fossero furbe parecchio, come Topper l'avrebbe potuto dire. In tutti erano una ventina, tra giovani e vecchi; ma tutti giuocavano, e Scrooge con essi; il quale, scordandosi per la foga improvvisa del sollazzarsi che la voce sua non potea da loro essere udita, gridava alto la parola dell'indovinello, e più di una volta imbroccava anche; perché l'ago più sottile non era più sottile di Scrooge, con tutta la sua smania di far lo gnorri.

Lo Spirito era molto lieto in vederlo così disposto, e con tanta benevolenza lo guardava, ch'ei pregò come un bambino gli si permettesse di rimanere fino in fondo. Ma a questo lo Spirito si oppose.

- Ecco un altro giuoco - disse Scrooge. - Una mezz'oretta, Spirito, solo una mezz'oretta!-

Era il giuoco del Sì e del No. Il nipote di Scrooge pensava una cosa, gli altri doveano indovinare, rispondendo egli soltanto sì o no, secondo il caso. Il fuoco vivace delle domande gli cavò di bocca ch'egli pensava a un animale, a un animale piuttosto brutto, a un animale selvaggio, a un animale che grugniva qualche volta e qualche altra volta parlava, che stava a Londra, e girava per le vie, e non si mostrava in una baracca, e non era portato attorno da nessuno, e non viveva in un serraglio, e non era mai trascinato al macello, e non era né cavallo, né somaro, né vacca, né toro, né tigre, né cane, né porco, né gatto, né orso. A ogni nuova domanda, codesto nipote si sganasciava dalle risa; e così forte ei si spassava, che a momenti si dovea alzare dal canapè e batteva i piedi in terra. Alla fine la sorella pienotta, presa dalla stessa convulsione d'ilarità esclamò:

- L'ho trovato! so quel che è, Federigo! so quel che è!

- E che è? - domandò Federigo.

- È vostro zio Scro-o-o-oge! -

E così era infatti. L'ammirazione fu universale, benché qualcuno obbiettasse che alla domanda: "È un orso?" bisognava rispondere: "Sì" visto che bastava la risposta negativa a frastornarli da Scrooge, caso mai ci avessero pensato.

- Ci ha fatto divertire un mondo, - disse Federigo, - questo è certo, e noi saremmo ingrati a non bevere alla sua salute. Ecco appunto un bicchiere di vino caldo, pronto per tutti. Alla salute dello zio Scrooge!

- Ebbene! - gridarono tutti, - alla salute dello zio Scrooge!

- Un allegro Natale e un buon capo d'anno al vecchio, checché egli sia! - disse il nipote di Scrooge. - Da me non se lo piglierebbe questo augurio, ma io glielo fo lo stesso. Alla salute dello zio Scrooge! -

Lo zio Scrooge era diventato a poco a poco così gaio e leggiero di cuore, che avrebbe risposto volentieri al brindisi della brigata e ringraziato con un discorso inaudibile, se lo Spirito glien'avesse dato il tempo. Ma tutta quanta la scena, nello spegnersi dell'ultima parola detta dal nipote, si dileguò; e Scrooge e lo Spirito viaggiavano come prima.

Molto videro, molto andarono lontano, molte case visitarono, ma sempre con buon effetto. Lo Spirito stette al capezzale degl'infermi, e gl'infermi sorrisero; presso i pellegrini in terra straniera, e quelli sentirono vicino la patria; con gli uomini combattuti dalla sventura, e quegli uomini si rassegnarono in una più alta speranza; con la povertà, e la povertà si sentì doviziosa. Nell'ospizio, nell'ospedale, nella prigione, in ogni rifugio della miseria, dove l'uomo superbo nella sua breve autorità non avea potuto sbarrar la porta allo Spirito, ei lasciò la sua benedizione e insegnò a Scrooge i suoi precetti di amore.

Fu una lunga notte, se pure fu una notte; ma Scrooge ne dubitava un poco, perché gli pareva di veder condensate molte feste di Natale nel rapido tempo passato insieme. Notò anche, ma non ne fece motto, che mentre egli rimaneva sempre lo stesso, lo Spirito si faceva manifestamente più vecchio. La cosa era strana, ed ei non si poté più tenere, quando lasciando una brigata di fanciulli che solennizzavano la Befana, si accorse che i capelli dello Spirito s'erano imbiancati.

- Così breve - domandò - è la vita degli Spiriti?

- La mia vita su questa terra - lo Spirito rispose - è brevissima. Termina stanotte.

- Stanotte! - esclamò Scrooge.

- A mezzanotte. Ascolta! l'ora si avvicina. -

In quel punto i tocchi degli orologi battevano tre quarti dopo le undici.

- Perdonami se sono indiscreto, - disse Scrooge guardando fiso alla veste dello Spirito, - ma io vedo venir fuori dal lembo della tua veste non so che di strano che non t'appartiene. È un piede o un artiglio?

- Potrebbe essere un artiglio, per la poca carne che lo ricopre, - rispose malinconico lo Spirito. - Guarda. -

Dalle pieghe della sua veste trasse fuori due bambini stremenziti, abietti, spaventevoli, ributtanti, miserabili. Caddero ginocchioni ai piedi di lui e si attaccarono saldi ai lembi della veste.

- Guarda, uomo! - esclamò lo Spirito. - Guarda, guarda qui, per terra! -

Erano un bambino e una bambina. Gialli, scarni, cenciosi, arcigni, selvaggi; ma prostrati anche nella umiltà loro. Dove la grazia della gioventù avrebbe dovuto fiorir rigogliosa sulle loro guance, una mano secca e grinzosa, come quella del tempo, gli avea corrosi, torti, tagliuzzati. Dove gli angeli doveano sedere in trono, ascondevansi i demoni e balenavano minacciosi. Nessun mutamento, nessuna degradazione, nessun pervertimento del genere umano, in qualsivoglia grado, in tutti i misteri della maravigliosa creazione, ha mai partorito mostri così orrendi.

Scrooge indietreggiò, atterrito. Tentò di dire allo Spirito, il quale glieli additava, che quelli erano due bei bambini; ma le parole gli fecero groppo, anzi che partecipare alla enorme menzogna.

- Spirito! son figli tuoi? - potette appena domandare Scrooge.

- Sono figli dell'Uomo - rispose lo Spirito chinando gli occhi a guardarli. - E a me s'attaccano, accusando i padri loro. Questo bambino è l'Ignoranza. Questa bambina è la Miseria. Guàrdati da tutti e due, da tutta la loro discendenza, ma soprattutto guàrdati da questo bambino, perché sulla sua fronte io vedo scritto: "Dannazione", se la parola non è presto cancellata. Negalo! - gridò lo Spirito, protendendole mani verso la città. - Diffama pure coloro che te lo dicono! Serba il male, carezzalo, pei tuoi fini perversi. Ma bada, bada alla fine!

- Non hanno un rifugio? - domandò Scrooge; - non c'è per loro un sollievo?

- E non ci son forse prigioni? - ribatté lo Spirito, ritorcendogli contro le sue proprie parole. - Non ci son forse case di lavoro? -

L'orologio batté le dodici.

Scrooge si guardò intorno cercando lo Spirito e non lo vide più. Squillando l'ultimo colpo, gli sovvenne la predizione del vecchio Giacobbe Marley, e alzando gli occhi, scerse un solenne fantasma, ammantato e incappucciato, il quale avanzavasi, come nebbia che sfiori il terreno, alla sua volta.

I

Lento, grave, silenzioso, s'accostò il fantasma. Scrooge, in vederselo davanti, cadde in ginocchio, perché in verità questo degli Spiriti era circonfuso di ombra e di mistero.

Un nero paludamento lo avvolgeva tutto, nascondendogli il capo, la faccia, ogni forma: solo una mano distesa sporgeva. Senza di ciò, sarebbe stato difficile discernere la cupa figura dalla notte, separarla dalle tenebre che la stringevano.

Sentì Scrooge che lo Spirito era alto e forte, sentì che la misteriosa presenza gl'incuteva un terrore solenne. Non sapeva altro, perché lo Spirito era muto e immobile.

- Sono io in presenza dello Spirito di Natale futuro? - chiese Scrooge.

Non rispose lo Spirito, e solo accennò con la mano.

- Tu mi mostrerai le ombre delle cose non accadute, ma che accadranno nel tempo che ci aspetta, - proseguì Scrooge. - Dico bene, Spirito? -

La parte superiore del paludamento si aggruppò un momento nelle sue pieghe, come se lo Spirito avesse inclinato il capo. Fu questa l'unica sua risposta.

Benché oramai assuefatto a cotesta compagnia dell'altro mondo, Scrooge avea tanta paura di quell'ombra taciturna da non reggersi in gambe quando si trattò di seguirla. Lo Spirito, quasi accorto di quel tremore, sostò un momento per dargli tempo di riaversi.

Ma il rimedio fu peggio del male. Scrooge fu preso da un brivido di vago terrore, pensando che di dietro al fosco paludamento due occhi spettrali intentamente lo fissavano, mentre egli, per quanto aguzzasse i propri, non poteva altro vedere che una scarna mano sporgente da un gran viluppo di nerume.

- Spirito del futuro! - egli esclamò, - io ho più paura di te che di ogni altro Spirito veduto innanzi. Ma, poiché so che l'intenzione tua è di farmi del bene, e poiché spero di mutar vita, se Dio mi dà vita, eccomi disposto a tenerti compagnia e con animo grato, anche. Non vorrai tu essermi cortese di una parola? -

Nessuna risposta. La mano accennava diritto in avanti.

- Ebbene, guidami! - disse Scrooge. - Guidami! La notte declina, e il tempo è per me prezioso, lo sento. Guidami, Spirito! -

Il Fantasma si mosse lento e grave com'era venuto. Scrooge lo seguì come avvolto nell'ombra del paludamento e in quella si sentì portato via.

Non si può dire che entrassero in città; parve invece che questa balzasse fuori di botto e li circondasse. Vi si trovavano dentro, proprio nel cuore; alla borsa, fra i negozianti. E questi andavano su e giù frettolosi, e faceano tintinnare i denari in tasca, e discorrevano a capannelli, e cavavano fuori gli orologi, e si gingillavano in atto pensoso e co' grossi sigilli d'oro della catena. Così tante volte gli aveva visti Scrooge.

Lo Spirito si arrestò presso un gruppo di uomini d'affari. Osservando la mano che gli additava, Scrooge si avanzò per udire i loro discorsi.

- No - diceva un omaccione grasso con tanto di pappagorgia - non ne so gran cosa. Questo so che è morto.

- Quand'è ch'è morto? - domandò un altro.

- Iersera, credo.

- O di che? - chiese un terzo, pescando largamente in un'ampia tabacchiera. - Mi pareva a me che non dovesse morir mai.

- Dio lo sa, - sbadigliò il primo.

- Che ne ha fatto dei suoi danari? - domandò un signore dal viso rubicondo con una escrescenza pendula in punta del naso, la quale tremolava come i bargigli d'un tacchino.

- Non ne ho inteso dir niente, - rispose l'uomo dalla pappagorgia in un secondo sbadiglio. - L'avrà lasciati alla sua Ditta. A me, no di certo. Questo è quanto so. -

Una risata generale accolse questa facezia.

- Ha da essere un magro funerale, - soggiunse quello stesso; - perché non so davvero di nessuno che ci vada. Che direste se ci andassimo tutti noi, da volontari?

- Se c'è da rifocillarsi, non dico di no, - osservò il signore dall'escrescenza. - Se ci vengo, mi s'ha da nudrire. -

Altra risata.

- Bè, - disse il primo, - io sono il più disinteressato fra tutti voi, perché non porto mai guanti neri e non fo mai colazione. Eppure eccomi pronto ad andare, se c'è altri che mi faccia compagnia. Quando ci penso, mi pare e non mi pare di essere stato il suo amico

più intrinseco; dovunque ci si vedeva, si barattavano quattro chiacchiere. Addio, addio!
-

Il gruppo si sciolse si mescolò ad altri gruppi. Scrooge li conosceva tutti, e si volse allo Spirito per avere una spiegazione.

Il Fantasma passò oltre in una via. Segnò, col dito disteso, due persone che s'incontravano. Di nuovo Scrooge porse ascolto, pensando di trovar qui la spiegazione domandata.

Anche questi uomini gli erano noti: uomini d'affari, ricchissimi, di gran conto. S'era studiato sempre di guadagnarsi la loro stima: beninteso, una stima commerciale, nient'altro.

- Come si va? - chiese uno.

- E voi? - ribatté l'altro.

- Non c'è malaccio. Pare che il vecchio lesina abbia avuto il suo conto alla fine, eh?

- Così ho inteso dire. Fa freddo, non vi pare?

- Siamo a Natale, capite. Voi non siete pattinatore, eh?

- No, no! Ho ben altro pel capo. Buon giorno! -

Non altro. Questo il loro incontro, il colloquio, il commiato.

Scrooge avrebbe quasi stupito che lo Spirito desse tanto peso a così futili discorsi; ma per un'intima certezza che qualche intento nascosto ci avea da essere, si diè a pensarci sopra. Non si poteva supporre che quei discorsi si riferissero alla morte di Giacobbe, il suo vecchio socio, perché quella apparteneva al Passato, e i dominio di questo Spirito era tutto nel Futuro. Né gli veniva in mente altra persona che gli appartenesse. Ma non dubitando punto che, a chiunque si riferissero, quei discorsi aveano una moralità latente diretta al proprio bene, ei risolvette di far tesoro di ogni parola che udisse e di ogni cosa che vedesse; e specialmente di osservare la propria ombra, quando sarebbe comparsa. Poiché, pensava, la condotta del suo io di là da venire lo avrebbe messo sulla buona via, agevolandogli la soluzione di quegli indovinelli. Si guardò attorno per trovar sé stesso; ma un altro occupava il noto cantuccio, e benché l'orologio segnasse l'ora solita del suo arrivo, non vide alcuno che gli somigliasse in mezzo alla folla che si pigiava all'entrata. Non ne stupì molto però; perché era andato rivolgendo dentro di sé un mutamento di vita e pensava e sperava che questa sua assenza fosse una prova dei novelli propositi recati in atto.

Muto e fosco gli stava sempre allato il Fantasma con la mano protesa. Quando ei si riscosse, argomentò, dalla direzione della mano e dalla posizione del Fantasma stesso rispetto a sé, che gli occhi invisibili acutamente lo scrutassero. N'ebbe un brivido per tutta la persona.

Si tolsero dalla scena affaccendata e vennero in una oscura parte della città, dove Scrooge non era mai penetrato, benché subito ne riconoscesse la postura e la mala fama. Le vie erano anguste e sudicie; misere le botteghe e le case; la gente seminuda, ubriaca, sciatta, brutta. Androni e chiassuoli, come tante fogne, rigurgitavano sulle vie intricate l'oltraggio del lezzo, dell'immondizia, degli esseri viventi; e tutto il quartiere esalava il delitto, il sudiciume, la miseria.

In fondo a cotesta spelonca infame, sotto l'aggetto di una tettoia, aprivasi una bottega lurida e bassa, dove s'andava a comprare cenci, ferri, bottiglie, untume di rimasugli. Dentro, sull'impiantito, erano ammontati chiodi, uncini, chiavi rugginose, catene, lime, bilance, pesi, ferri vecchi d'ogni maniera. Ascondevansi forse e brulicavano segreti che non era bello approfondire in quella montagna di cenci nauseabondi, di grasso corrotto, di ossami. Un vecchio furfante sulla settantina, grigio di capelli, se ne stava a sedere in mezzo a coteste sue mercanzie, presso una stufa di vecchi mattoni. Difeso dall'aria fredda di fuori mediante un sudiciume di tenda fatta di tante pezze spaiate, sospese a una corda, s'andava fumando la sua pipa con tutta la voluttà di una solitudine indisturbata.

Scrooge e il Fantasma vennero in presenza di costui nel punto stesso che una donna con un grosso fardello sgusciava nella bottega. E subito dopo di lei, un'altra donna entrò, carica allo stesso modo; e le tenne dietro un uomo vestito di nero rossiccio, il quale non meno stupì in vederle tutt'e due ch'esse non avessero fatto riconoscendosi a vicenda. Dopo un momento di muto stupore, al quale si unì il vecchio della pipa, tutt'e tre dettero in una gran risata.

- Passi avanti la giornaliera! - gridò la donna ch'era entrata per la prima. - Poi venga la lavandaia; poi l'appaltatore delle pompe funebri. Vedi un po' che bazza, vecchio Joe! Pare che ci siamo dato la posta, pare!

- Non vi potevate incontrare in un posto migliore, - disse il vecchio Joe, togliendosi la pipa di bocca. - Venite in salotto. Ci siete da un pezzo come a casa vostra; e gli altri due non son mica forestieri. Lasciate che chiuda la porta della bottega. Ah, come stride! sfido a trovar qui dentro una sferra più rugginosa di questi arpionacci o delle ossa più vecchie delle mie.. Ah, ah! Siamo in armonia del mestiere, capite, siamo bene assortiti. Venite in salotto. Venite in salotto. -

Il salotto era lo spazio difeso dalla tenda di stracci. Il vecchio rattizzò il fuoco con un ferro rugginoso di ringhiera, e smoccolato che ebbe la lucerna fumosa (perché già era notte) col cannello della pipa, si pose questo di nuovo fra le labbra.

Nel frattempo, la donna che avea già parlato gettò il suo fagotto per terra e sedette sopra uno sgabello, incrociando i gomiti sulle ginocchia e squadrando con mal piglio gli altri due.

- O che m'avete da dire, signora Dilber, sentiamo un po'! - disse la donna. - Ognuno ha il diritto di guardare ai suoi interessi. Anche lui non ha fatto altro, voi lo sapete!

- Altro se lo so! - rispose la lavandaia. - Nessuno lo passava per questo.

- E allora, che è che mi fate cotesti occhiacci, come se aveste paura? Non c'è mica da scoprire altarini, qui!

- No, davvero! - dissero insieme la signora Dilber e l'uomo. - Speriamo di no, almeno.

- Bravi dunque! - esclamò la donna, - e non se ne parli altro. Chi è che ce lo perde questo po' di roba? Nessuno, a meno che non sia il morto.

- Avete ragione, - approvò ridendo la signora Dilber.

- S'ei se la voleva serbare anche dopo morto, quel vecchio lesina, perché non ha vissuto come tutti gli altri? Se avesse fatto così, qualcuno gli sarebbe stato vicino quando la morte se lo ha pigliato, e non avrebbe bocchieggiato nella sua topaia solo come un cane.

- È proprio la parola della verità. Questo gli toccava, nient'altro.

- E gli avrebbe avuto a toccar peggio, parola d'onore, e così avessi potuto io metter le mani su qualche altra cosa. Aprite quel fagotto, Joe, e prezzatelo. Parlate chiaro. Non ho mica paura io d'esser la prima e tanto meno ch'essi lo vedano. Anche prima di trovarci qua, si sapeva un pochino, mi pare, che i nostri affarucci li facevamo. Niente di male. Aprite il fagotto, Joe. -

Ma la galanteria dei colleghi si oppose a questo, e l'uomo vestito di nero rossiccio, montando pel primo sulla breccia, profferse il suo bottino. Non era gran che. Un par di sigilli, un astuccio da matita, due bottoni di camicia e una spilla di poco valore. Il vecchio Joe esaminò ed apprezzò ad uno ad uno gli oggetti, scrisse sul muro con un pezzo di gesso le somme ch'era disposto a sborsare, e visto che non c'era altro, tirò la somma.

- Ecco il vostro conto, - disse, - e non darei niente niente di più, mi avessero anche ad arrostire. Chi viene appresso? -

Veniva appresso la signora Dilber. Lenzuola e tovaglie, un abito, due cucchiaini d'argento antiquati, un par di pinzette per lo zucchero e qualche stivale. Il secondo conteggio fu fatto sul muro come il primo.

- Con le signore, - disse il vecchio Joe, - sono sempre largo di mano. È una mia debolezza, e gli è così che mi rovino. Eccovi il vostro conto. Se non siete contenta e volete mercanteggiare, mi pentirò di essere stato così liberale e vi farò invece una sottrazione.

- Ed ora, Joe, - disse l'altra donna, - disfate il mio fagotto. -

Joe si pose ginocchioni per star più comodo e dopo aver sciolti un arruffio di noci, tirò fuori un involto grosso e pesante di stoffa scura.

- O che è questo? - disse. - Un cortinaggio!

- Ah! - rispose ridendo la donna sporgendosi sulle braccia incrociate. - Un cortinaggio!

- Non mi darete mica ad intendere, che lo abbiate tirato giù, anelli e ogni cosa, mentre il morto stava lì, sul letto!

- Sì davvero. E perché no?

- Brava, - disse Joe, - voi siete nata per far fortuna, e vi dico che la farete.

- Certo, - rispose freddamente la donna, - quando me ne verrà il destro, non me ne starò con le mani in mano, per riguardo a un omaccio come quello lì. No, Joe, parola d'onore. E adesso non mi fate sgocciolar l'olio sulle coperte.

- Anche sue? - domandò Joe.

- O di chi volete che siano? - ribatté la donna. - Non c'è paura che pigli un'infreddatura, no.

- Spero che non sia morto di male contagioso, eh? - disse Joe, fermandosi in tronco e alzando gli occhi.

- Niente paura, - rispose la donna. - Se mai, non mi struggevo poi tanto della sua compagnia da stargli intorno per questi stracci. Ah! fatevi pure a guardarla cotesta camicia, che non ci troverete né un buco né niente niente di logoro. Era la migliore che avesse, ed è anche fine. Se non c'ero io, l'avrebbero sciupata.

- Sciupata? - domandò il vecchio Joe.

- Già, - rispose la donna ridendo, - gliel'avrebbero messa indosso per sepellirlo E c'è stato non so che balordo che così avea fatto! ma io gliel'ho cavata di nuovo. È anche troppo lusso il cotone per involtarvi un morto. Più brutto di quanto era con questa indosso, non potrà parere di certo. -

Scrooge ascoltava questo dialogo inorridendo. Li vedeva aggruppati intorno al loro bottino, alla povera luce d'una lucerna, e gliene veniva un odio, una nausea, come al cospetto di osceni demoni che mercanteggiassero lo stesso cadavere.

- Ah, ah! - ridacchiò la stessa donna, quando il vecchio Joe, cavando un sacchetto di flanella pieno di denari contò a ciascuno per terra la sua parte. - Qui sta il bello, vedete! Ha fatto paura a tutti quando era vivo, proprio per farci guadagnar noi da morto. Ah, ah, ah!

- Spirito! - disse Scrooge, tremando da capo a piedi. - Vedo, vedo. Cotesto sciagurato potrei essere io. A questo mi mena la mia vita di adesso... Dio di misericordia, che cosa è questa! -

Indietreggiò dal terrore, perché la scena era mutata ed ei toccava quasi un letto, un letto nudo, senza cortinaggio, sul quale, sotto un lenzuolo sdrucito, giaceva qualche cosa d'avviluppato, il cui silenzio stesso parlava terribilmente.

La camera era buia, tanto buia da non potere osservare intorno con accuratezza, benché Scrooge aguzzasse gli occhi obbedendo a un impulso segreto che lo rendeva ansioso di sapere in che sorta di camera si trovasse. Una luce scialba, venendo di fuori, mandò un raggio su quel letto: e su questo, spogliato, rubato, solo, trascurato, senza pianto, giaceva il corpo di quell'uomo.

Scrooge volse un'occhiata al Fantasma. La rigida mano accennava al capo del morto. Il lenzuolo era così male aggiustato che col menomo tocco d'un dito Scrooge avrebbe potuto scoprire quella faccia. Vi pensò, ne vide l'agevolezza, se ne struggeva; ma non avea maggior potere di rimuovere quel velo che di allontanare da sé lo Spettro silenzioso.

Oh! fredda, rigida, spaventevole Morte! rizza qui il tuo altare, vestilo di tutti i tuoi terrori. Qui davvero è il tuo regno! Ma se quel capo fosse amato, riverito, onorato, non un capello ne potresti strappare pei tuoi biechi disegni, non un tratto del viso rendere odioso. Non è già che quella mano non sia grave e che non ricada abbandonata; non è già che il cuore e il polso non battano; ma quella mano era aperta, generosa, leale; ma quel cuore era bravo, caldo, affettuoso; ma quel polso era di un uomo. Colpisci, Ombra, colpisci pure! schizzeranno dalla ferita le sue buone azioni e si spargeranno pel mondo come semi di vita immortale!

Nessuna voce pronunciò queste parole all'orecchio di Scrooge, eppure egli le udì mentre guardava a quel letto. Se quest'uomo rivivesse, ei pensava, quali cure lo assorbirebbero? L'avarizia, la crudeltà, l'ingordigia? Una bella ricchezza gli hanno guadagnato, davvero!

Giaceva, nella cassa buia e deserta, senza che una voce di donna, di uomo, di bambino dicesse: "Egli fu buono per me in questa cosa o in quella, e per la memoria che ne serbo io sarò buono per lui". Un gatto raspava alla porta e sotto le pietre del caminetto si udiva un rosicchiar di topi. Che cosa cercassero nella camera della morte e perché fossero così irrequieti, Scrooge non osò pensare.

- Spirito! - disse, - questo luogo è orrido. Uscendone, non m'uscirà di mente la sua terribile lezione, credimi. Andiamo via! -

Sempre, col rigido dito, lo Spirito accennava al capo del morto.

- Intendo, - rispose Scrooge, - e ti ubbidirei anche, se potessi. Ma non ne ho la forza, Spirito, non ne ho la forza. -

Di nuovo parve che lo Spirito lo guardasse.

- Se c'è qualcuno nella città, che pianga la morte di quest'uomo, - disse Scrooge al sommo dell'angoscia, - mostramelo, Spirito, te ne scongiuro! -

II

Il Fantasma distese un momento la scura veste davanti a lui come un'ala; e ritraendola scoprì una stanza rischiarata dalla luce del giorno, dov'erano una madre co' suoi bambini.

Ella aspettava ansiosa qualcuno; andava su e giù per la stanza; trasaliva ad ogni rumore; si spenzolava dalla finestra; guardava all'orologio; si provava invano a lavorare di ago; sopportava a stento le voci dei bambini che facevano il chiasso.

S'udì alla fine la bussata lungamente attesa. Ella corse incontro al marito; un uomo dal viso emaciato e triste, benché giovane ancora. Vi si notava ora una singolare espressione; una specie di soddisfazione malinconica, della quale si vergognava e che studiavasi di reprimere.

Sedette pel desinare che era stato tenuto in caldo presso i fuoco; e quando la donna, dopo un lungo silenzio, gli domandò timidamente che notizie portava, ei parve impacciato a rispondere.

- Sono buone o cattive? - disse ella, per aiutarlo.

- Cattive, - rispose.

- Siamo rovinati affatto?

- No. C'è speranza, Carolina.

- S'egli si è commosso, - disse la moglie tutta sorpresa, - allora sì! Tutto si può sperare, se è accaduto un miracolo come questo.

- Oramai, - rispose il marito, - non si può più commuovere. È morto. -

Se il viso diceva il vero, ella era una creatura mite e prudente; e nondimeno, udendo quella nuova, strinse insieme le mani, ringraziando il cielo. Ne domandò subito perdono e fu dolente della disgrazia; ma il primo movimento era stato del cuore.

- Adesso si trova tutto vero quel che mi disse quella donna mezzo brilla, di cui t'ho parlato ieri, quando feci per vederlo e per ottenere la dilazione di una settimana. Io mi figuravo che fosse una scusa. Non solo stava molto male, ma era a dirittura moribondo.

- A chi sarà trasferito il nostro debito?

- Non so. Ma prima d allora, il danaro sarà pronto; e se mai, non avremo la mala sorte d'inciampare in un creditore spietato come lui. Stanotte possiamo dormire col capo fra due guanciali, Carolina! -

Sì. Comunque temperassero la cosa, i loro cuori erano più leggieri. I visini dei bambini, che si stringevano loro intorno per udire quel che così poco capivano, brillavano più del solito; e tutta la casa, per la morte di quell'uomo, era più felice! L'unica emozione che lo Spirito gli potesse mostrare come effetto di quell'evento, era di piacere.

- Lasciami vedere qualche scena di tenerezza che si leghi all'idea della morte, - disse Scrooge; - se no, Spirito, quella buia camera testé lasciata mi sarà sempre davanti. -

Lo Spirito lo menò per varie vie che gli erano familiari; e via facendo, Scrooge guardava di qua e di là per trovare sé stesso, ma in nessun posto vedevasi. Entrarono nella casetta, già prima visitata, del povero Bob Cratchit, e vi trovarono la mamma e i figliuoli raccolti intorno al fuoco

Erano tranquilli, molto tranquilli. I rumorosi piccoli Cratchit se ne stavano a sedere in un cantuccio, muti come statue, e guardando a Pietro che leggeva in un libro. La mamma e le figliuole attendevano a cucire. Ma erano molto tranquilli tutti, molto tranquilli!

- "Ed egli prese un bambino e lo mise in mezzo a loro."

Dove aveva udito queste parole Scrooge? Non le aveva già sognate. Il ragazzo avea dovuto leggerle ad alta voce, mentre egli e lo Spirito varcavano la soglia. E perché non andava avanti?

La mamma posò il lavoro sulla tavola e si coprì la faccia con le mani.

- Il colore, - disse, - mi fa male agli occhi. -

Il colore? Ah, povero Tiny Tim!

- Adesso stanno meglio, - disse la moglie di Cratchit. - Si vede che il lume della candela stanca la vista; e per nulla al mondo voglio far vedere a vostro padre, quando torna, che ho gli occhi affaticati. Dev'essere vicino a tornare.

- È anzi passata l'ora, - rispose Pietro chiudendo il libro. - Se non sbaglio, mamma, da qualche sera in qua mi par che il babbo cammini meno svelto del solito. -

Da capo tornarono a star tranquilli. Finalmente ella disse, con voce forte e allegra che un sol momento tremò:

- Mi ricordo quando camminava portando in collo... mi ricordo quando camminava portando in collo Tiny Tim, e andava svelto davvero.

- Anch'io me ne ricordo, - esclamò Pietro. - Spesso.

- E io pure! - venne su un altro. Tutti se ne ricordavano.

- Gli è che il bambino era leggiero, - riprese ella, tutta china sul lavoro, - e il babbo gli voleva tanto bene che non gli dava niente fastidio: niente. Ah, eccolo! -

Corse ad incontrarlo; e Bob, col suo fazzoletto al collo - ne aveva bisogno, poveraccio! - entrò. Il thè lo aspettava accanto al fuoco, e tutti fecero a gara per servirglielo. Poi i due piccoli Cratchit gli montarono sulle ginocchia, e gli posarono le piccole guance di qua e di là sul viso, come per dire: "Via, babbo, non ci pensare, non t'affliggere!"

Bob era allegro con loro e parlò in tono gaio a tutta la famiglia. Guardò il lavoro sulla tavola e lodò la bravura e la sollecitudine della signora Cratchit e delle ragazze. Avrebbero terminato molto prima di domenica, disse.

- Domenica! - esclamò la moglie. - Sicché, ci sei andato oggi?

- Sì, cara, - rispose Bob. - Ti ci avrei voluta anche te. Ti avrebbe fatto del bene di vedere tutto quel verde. Ma ci andrai spesso. Gli avevo promesso che di Domenica ci avrei fatto una passeggiatina. Caro piccino! caro caro piccino! -

Ruppe in pianti ad un tratto. Non si poté tenere. Se avesse potuto, non avrebbe forse sentito così vicino il suo figlioletto come se lo sentiva.

Lasciò la stanza e andò nella cameretta di sopra, che era tutta illuminata e ornata di ghirlande di Natale. C'era una sedia accanto al letto del bambino, e si vedeva a più segni che qualcuno c'era stato di fresco. Il povero Bob vi sedette, e quando si fu alquanto raccolto e calmato, baciò quel caro visino. Allora si rassegnò a quanto era accaduto, e tornò da basso del tutto felice.

Si raccolsero intorno al fuoco a discorrere; la mamma e le ragazze lavoravano sempre. Bob narrò loro della straordinaria bontà del nipote del signor Scrooge, che appena una volta avea visto, e che incontrandolo per via e vedutolo un pochino... "un pochino giù, vedete" disse Bob, gli avea domandato che dispiacere avesse. "Al che" disse Bob "visto ch'egli è la persona più affabile del mondo, gli dissi la cosa. - Me ne duole assai, signor Cratchit, disse lui, e anche per la vostra buona signora. - A proposito, come abbia fatto a saper questo, non lo so davvero.

- A saper che cosa?

- Che tu sei una buona moglie.

- Tutti lo sanno! - disse Pietro.

- Bravo ragazzo, ben detto! - esclamò Bob. - Lo spero bene. "Mi duole assai, dice, per la vostra buona signora. Se in qualunque modo posso esservi utile, dice dandomi il suo biglietto, eccovi l'indirizzo di casa. Dirigetevi a me, ve ne prego." Ora capisci, esclamò Bob, non era già pei favori che ci potea rendere, ma quella sua affabilità facea veramente piacere. Pareva proprio che avesse conosciuto il nostro Tiny Tim, e partecipasse al nostro dolore.

- Ha un buon cuore, questo è certo, - disse la signora Cratchit.

- Ne saresti certissima se lo vedessi e gli parlassi, - rispose Bob. - Non mi farebbe nessuna meraviglia, vedi, s'ei trovasse a Pietro un posto migliore.

- Senti, Pietro, senti? - disse la madre.

- E allora, - esclamò una delle ragazze, - Pietro s'accasa e si stabilisce per conto suo.

- Eh via! - ribatté Pietro con una smorfia.

- Prima o dopo, - disse Bob, - può anche darsi, benché ci sia tempo a pensarci sopra, figliuolo mio. Ma, comunque la cosa vada, io son sicuro che nessuno di noi dimenticherà mai il povero Tiny Tim, no, non è vero? e nemmeno questa prima separazione in famiglia.

- Mai, babbo, mai! - gridarono tutti ad una voce.

- E io so pure - disse Bob, - io so, cari miei, che quando ci ricorderemo com'egli fosse buono e paziente, benché così piccino, non ci lasceremo andare a questionar fra di noi, se no sarebbe lo stesso che scordarci di quel poveretto.

- No, babbo, mai! - di nuovo esclamarono tutti.

- Sono contento, - disse Bob, - oh, sono contento! -

La moglie lo baciò e così fecero le figliuole e i due ragazzi. Con Pietro si dettero una forte stretta di mano. Anima di Tiny Tim, la tua essenza infantile veniva da Dio!

- Spirito - disse Scrooge, - sento non so come, che il momento della nostra separazione è prossimo. Dimmi, chi era quell'uomo che abbiamo visto disteso sul letto di morte? -

Lo Spirito di Natale di là da venire lo trasportò come prima - benché in un tempo diverso; e in verità queste ultime visioni non erano ordinate e soltanto apparivano tutte nel futuro - nelle vie frequentate dagli uomini d'affari, ma non gli mostrò l'altro sé stesso. Non si fermava lo Spirito; correva, correva diritto alla meta designata, finché Scrooge non lo pregò di arrestarsi un momento.

- Questo cortile che ora attraversiamo, - disse, - è da molto tempo il centro dei miei affari. Ecco la casa. Lasciami un po' vedere quel che sarò un giorno. -

Lo Spirito si arrestò; ma la mano sua accennava altrove.

- Lì è la casa, - esclamò Scrooge. - Perché mi fai segno da quell'altra parte? -

Il dito inesorabile stette saldo.

Scrooge corse a dare un'occhiata alla finestra del suo banco. Sempre banco era, ma non più il suo. Erano mutati i mobili e la persona seduta in poltrona non gli somigliava. Il Fantasma accennava sempre allo stesso modo.

Ei lo raggiunse, e ruminando perché e dove se ne fosse andato, lo accompagnò fino a un cancello di ferro. Prima di entrare, si guardò attorno.

Un cimitero. Qui, dunque, lo sciagurato di cui gli sarebbe stato svelato il nome, qui giaceva sottoterra. Un bel posto davvero. Circondato da case, ingombro di erbe e cespugli, una morte anzi che una vita di vegetazione, soffocato dalle molte sepolture, grasso fino alla nausea. Un bel posto davvero!

Lo Spirito stette fra le tombe e abbassò il dito segnandone una. Scrooge vi si accostò tremando. Era sempre lo stesso Spirito, ma parve a Scrooge travedere un pensiero nuovo e terribile nella solennità della sua forma.

- Prima di accostarmi a quella pietra ove tu accenni, - disse Scrooge, - rispondi a una sola domanda. Son queste le immagini delle cose future o soltanto delle cose possibili? -

Lo Spirito teneva sempre il dito abbassato verso la tomba vicina.

- Le azioni umane adombrano sempre un certo fine, che può diventare inevitabile, se in quelle ci si ostina. Ma se vengono a mutare, muterà anche il fine. Dimmi che così è, dimmelo, in queste scene che mi vai mostrando! -

Lo Spirito era immobile sempre.

Scrooge si trascinò a quella volta, tremando; e seguendo il dito, lesse sulla pietra della tomba negletta il proprio nome: EBENEZER SCROOGE.

- Son io, io quell'uomo che giaceva sul letto? - gridò cadendo in ginocchio.

Il dito accennò dalla tomba a lui e da lui alla tomba.

- No, Spirito! Oh no, no! -

Il dito non si moveva.

- Spirito! - gridò egli abbracciandosi alla sua veste, - ascoltami! Io non son più lo stesso uomo di prima. Io non sarò l'uomo che sarei stato, se non t'avessi seguito. Perché mostrarmi tutto questo, se per me non c'è più speranza? -

Per la prima volta la mano parve agitarsi.

- Buono Spirito, - ei proseguì, sempre prostrato - tu ti commuovi perché sei buono, tu hai pietà di me. Dimmi, assicurami ch'io posso ancora, mutando vita, cangiar queste scene che m'hai mostrate! -

La mano tremò di nuovo in atto di conforto.

- Io onorerò sempre Natale nel cuore, io ne serberò il culto tutto l'anno. Vivrò nel passato, nel presente e nell'avvenire. Mi parleranno dentro tutti e tre gli Spiriti. Non mi scorderò delle loro lezioni. Oh, dimmi, dimmi che mi sarà dato cancellare lo scritto di questa pietra! -

Afferrò, nell'angoscia che lo straziava, la mano dello Spirito. Questi cercò divincolarsi dalla stretta, ma Scrooge pregava e teneva forte. Lo Spirito, più forte di lui, lo respinse.

Alzando le mani in una estrema preghiera di veder mutato il suo fato, ei notò una trasformazione nella veste e nel cappuccio del Fantasma. Lo Spirito si strinse in sé, si rannicchiò, si rassodò, divenne una colonna di letto.

Sì! e quella colonna di letto era la sua. Suo il letto, sua la camera. Meglio ancora, meglio d'ogni cosa, era suo il tempo che aveva davanti, suo, per emendarsi!

- Vivrò nel Passato, nel Presente e nel Futuro! - ripetè Scrooge, sgusciando fuori del letto. - I tre Spiriti mi parleranno dentro. O Giacobbe Marley! Benedetto sia il cielo e il giorno di Natale! Lo dico in ginocchio, mio vecchio Giacobbe; in ginocchio! -

Era così acceso, così affollato dalle sue buone intenzioni, che la voce rotta non rispondeva al pensiero. Nel suo conflitto con lo Spirito, avea singhiozzato violentemente e tutta la faccia avea bagnata di pianto.

- Non son mica strappate, esclamò Scrooge, abbracciando una delle cortine del letto, - non son mica strappate con tutti gli anelli. Eccole qui; eccomi qui: le ombre delle cose avvenire possono essere scongiurate. E così saranno. Lo so, eh altro se lo so! -

Si azzuffava intanto co' vestiti, gli arrovesciava, se gl'infilava sottosopra, li lacerava, li perdeva, li confondeva in ogni sorta di stravaganza.

- Non so che fare adesso; - esclamò ridendo e piangendo insieme, e avvolgendosi nelle calze come un Laocoonte. - Mi sento leggiero come una piuma, felice come un angelo, allegro come uno scolare. Sono balordo come un ubriaco. Un allegro Natale a tutti! un allegro capo d'anno al mondo intiero! Olà! eh! olà! -

Era entrato saltellando nel salotto e se ne stava lì, ritto, ansante.

- Ecco qua la casseruola con la farina d'orzo! - esclamò riscuotendosi e girando davanti al caminetto. - Questa è la porta di dove è entrato lo spirito di Giacobbe Marley! Qui si è messo a sedere lo Spirito del Natale presente! Da questa finestra ho visto gli Spiriti vaganti! Tutto è a posto, tutto è vero, tutto è accaduto. Ah, ah, ah! -

Davvero per un uomo che da tanti anni era fuori esercizio, questa era una splendida risata, una risata co' fiocchi: il ceppo di tutta una lunga famiglia di franche risate!

- A quanti ne siamo del mese? - disse Scrooge. - Quanto tempo sono stato tra gli Spiriti? Non lo so. Non so niente. Sono come un bambino. Non preme. Non me n'importa. Così lo fossi, bambino! Olà! eh! olà! -

Fu arrestato nelle sue effusioni dalle campane che mandavano all'aria i più lieti squilli che avesse mai uditi. Bom, bam, din, don, dan! Dan, don, din, bom, bam! Oh, che armonia, oh, che gloria!

Corse alla finestra, l'aprì, mise fuori il capo. Niente nebbia: un'aria limpida, cristallina, gioconda; un freddino salubre, pungente; un sole d'oro; un cielo di zaffiro; freschetto, non freddo; e quelle campane, così allegre, così allegre! Oh, bello, magnifico!

- Che è oggi? - gridò Scrooge ad un ragazzetto che passava con indosso gli abiti della festa e che forse s'era fermato per guardarlo.

- Eh? - fece il ragazzo spalancando la bocca dalla maraviglia.

- Che è oggi, bambino mio? - ripetè Scrooge.

- Oggi! - rispose il ragazzo. - È Natale, oggi.

- È Natale! - disse Scrooge a sé stesso. - Bravo, sono in tempo. Gli Spiriti hanno fatto ogni cosa in una notte. Possono fare quel che vogliono. Si sa. È naturale. Ohe, bambino!

- Ohe! - fece il ragazzo.

- Sai dov'è il pollaiolo, nella via appresso, alla cantonata?

- Sfido io! l'avrei da sapere, - rispose il ragazzo.

- Che ragazzo di talento! - esclamò Scrooge. - Un ragazzo non comune, perbacco! Sai se ha già venduto quel tacchinaccio che teneva ieri in mostra sospeso pel collo? non quello piccolo, no; il tacchino grosso.

- Quale? quello grosso come me? - domandò il ragazzo.

- Oh, che amore di un ragazzo - esclamò Scrooge. - È un piacere a discorrerci. Sì, proprio quello, piccino mio.

- È sempre appeso com'era.

- Sì? davvero? Ebbene, corri subito a comprarlo.

- Fossi grullo! - ribatté il ragazzo.

- No, no, - disse Scrooge, - parlo sul serio. Corri a comprarlo, e dì che lo voglio, che gli darò io l'indirizzo dove l'hanno da portare. Torna con l'uomo tu, che ti darò uno scellino. Torna in meno di cinque minuti, che ti darò mezza corona! -

Il ragazzo partì come una freccia. Ci volea una mano ben gagliarda per scoccare una freccia a quel modo.

- Lo manderò a Bob Cratchit! - borbottò Scrooge, fregandosi le mani e scoppiando dal ridere. - Non ha da sapere chi glielo manda. È due volte Tiny Tim. Uno scherzo magnifico, oh, magnifico! -

Non era ferma la mano nello scrivere l'indirizzo, ma bene o male lo scrisse, e andò giù ad aprir la porta, e per esser pronto all'arrivo del tacchino. Stando così ad aspettare, fu tratto dal guardare il picchiotto.

- Gli vorrò bene finché avrò vita! - disse carezzandolo. - Non ci avevo guardato mai. Che espressione simpatica e onesta! che bel picchiotto davvero!... Ecco il tacchino. Olà! ehi! Come state? Buon Natale! -

Era un tacchino davvero! Non si potea reggere in gambe, un uccellaccio come quello lì; le avrebbe spezzate in un minuto come bastoncelli di ceralacca.

- Perdinci! è impossibile portare cotesta roba fino a Camden Town, - disse Scrooge. - Dovete prendere una carrozzella. -

Il riso con cui disse questo, e il riso con cui pagò il tacchino, e il riso con cui pagò la carrozzella, e il riso con cui diè la mancia al ragazzo, furono soltanto sorpassati dal riso che lo prese tutto mentre si lasciava andare senza fiato sul suo seggiolone, e rise, e rise fino a che scoppiò a piangere.

Non era agevole il radersi, perché la mano gli tremava sempre; e il radersi richiede un po' di attenzione, anche quando non ballate, facendovi la barba. Ma se pure si fosse mozzato la punta del naso, vi avrebbe appiccicato un pezzo di taffettà e sarebbe stato contento come una pasqua.

Si vestì, col meglio che aveva, e uscì per la via. La gente si riversava fuori, com'egli l'avea vista con lo Spirito del Natale presente. Camminando con le mani dietro, Scrooge guardava a tutti con un sorriso di soddisfazione. Era così allegro, così irresistibile nella sua allegria, che tre o quattro capi ameni lo salutarono: "Buon giorno, signore! Buon Natale!" E Scrooge affermò spesso in seguito che di tutti i suoni giocondi uditi in vita sua, i più giocondi, senz'altro, erano stati quelli.

Non era andato lontano, quando si vide venire incontro quel signore dignitoso che era entrato il giorno prima al banco, domandando: "Scrooge e Marley, se non erro?" Si sentì una trafittura al cuore, pensando all'occhiata che quel signore gli avrebbe rivolto; ma subito vide quel che avea da fare, e lo fece.

- Mio caro signore, - disse, affrettando il passo e prendendolo per le mani. - Come state? Spero che abbiate fatto una buona giornata ieri. Molto gentile da parte vostra. Tanti auguri pel Natale, signore!

- Il signor Scrooge?

- Sì. È il mio nome. Temo che vi suoni ingrato. Permettete che vi domandi scusa. E vorreste aver la bontà...

E gli bisbigliò qualche parola all'orecchio.

- Dio misericordioso! - esclamò il signore soffocato dallo stupore. - Mio caro signor Scrooge, parlate sul serio?

- Ma sì, ma sì. Non un soldo di meno. Ci metto dentro molti arretrati, capite. Mi farete questo favore?

- Mio caro signore, - rispose l'altro stringendogli forte la mano, - io non trovo parole per una tale muni...

- Basta, basta, prego! - interruppe Scrooge. - Venite da me: Volete?

- Certamente! - esclamò il vecchio signore con tutta l'effusione della verità.

- Grazie, - disse Scrooge. - Vi sono obbligato davvero. Mille e mille grazie. Arrivederci! -

Andò in chiesa, passeggiò per le vie, guardò alla gente che andava su e giù, carezzò i bambini sul capo, interrogò i mendicanti, spiò nelle cucine, alzò gli occhi alle finestre, e trovò che ogni cosa gli potea far piacere. Non avea sognato mai che una passeggiata o altra cosa qualunque gli potesse dare tanta felicità. Verso sera, si avviò alla casa del nipote.

Passò davanti alla porta una dozzina di volte, prima di sentirsi il coraggio di salire e bussare. Ma si fece animo e bussò.

- È in casa il padrone, cara? - domandò alla ragazza. Una bella ragazza, parola d'onore.

- Signor sì.

- Dov'è, carina?

- È in sala da pranzo, signore, con la signora. Venite di qua, se vi piace, nel salottino.

- Grazie. Mi conosce, - disse Scrooge mettendo la mano sulla maniglia del tinello. - Entrerò qui, bambina mia. -

Spinse leggermente e s'insinuò col viso per l'uscio socchiuso. Marito e moglie osservavano la tavola sfarzosamente imbandita, perché cotesti giovani sposi sono meticolosi in certe materie e vogliono che tutto vada a capello.

- Fred! - disse Scrooge.

O Signore Iddio, come trasalì la nipote! Scrooge avea dimenticato pel momento di averla vista a sedere in un cantuccio co' piedi sullo sgabello, altrimenti per nulla al mondo l'avrebbe spaventata a quel modo.

- Oh povero me! - esclamò Fred, - chi è mai?

- Io, son io. Tuo zio Scrooge. Son venuto a pranzo. Mi vuoi, Fred? -

Volerlo! Poco mancò che non gli stroncasse un braccio. In capo a cinque minuti, Scrooge si trovava come a casa propria. Niente di più cordiale. E lo stesso la nipote. E lo stesso per Topper, quando arrivò. E lo stesso per la sorella pienotta, quando fece la sua entrata. E lo stesso tutti. Che amore d'una brigata, che giuochi, che accordo, che piacere!

Ma il giorno appresso si recò di buon mattino al banco, oh di buon mattino! Se gli riusciva di arrivarci prima di Bob e di rinfacciare a Bob il ritardo! Questo voleva fare, questo gli premeva.

E lo fece, sicuro che lo fece! L'orologio suonò le nove. Niente Bob. Le nove e un quarto. Niente Bob. Era in ritardo di diciotto minuti e mezzo. Scrooge se ne stava a sedere, con la porta spalancata, per vederlo a insinuarsi nella sua cisterna.

Prima d'aprir l'usciolo, Bob si avea tolto il cappello e il famoso fazzoletto. In un baleno, si trovò sullo sgabello, e si diè a scribacchiare in fretta e furia come per riafferrare le nove che erano passate.

- Ohe! - grugnì Scrooge con la solita sua voce chioccia per quanto gli riusciva di fingere. - Che vuol dir ciò? a quest'ora si viene in ufficio?

- Mi dispiace molto, signore, - rispose Bob. - Sono in ritardo.

- Siete in ritardo? - ripeté Scrooge. - Lo vedo che siete in ritardo. Favorite di qua, vi prego.

- È una volta all'anno, signore, - si scusava Bob, uscendo dalla sua cisterna. - Non accadrà più. Sono stato un po' in allegria ieri sera, signore.

- Bravo, adesso ve la do io l'allegria, disse Scrooge. - Non son più disposto a tollerare, capite. Epperò - e così dicendo balzava giù dal suo sgabello e dava a Bob una manata così forte nel panciotto da farlo indietreggiare barcollando, - epperò io vi aumento il salario! -

Bob tremò e si accostò un po' più alla riga. Ebbe un'idea momentanea di darla sulla testa a Scrooge; tenerlo saldo; chiamar gente; fargli mettere la camicia di forza.

- Buon Natale, Bob! - disse Scrooge battendogli sulla spalla con una cordialità schietta, da non si poter sbagliare. - Un Natale, Bob, molto più allegro di quanti non ve n'ho augurati per tanti anni, ragazzo mio. Vi cresco il salario e farò di tutto per assistere la vostra famiglia laboriosa, e oggi stesso, Bob, oggi stesso discuteremo i vostri affari davanti a un bel ponce fumante. Accendete i fuochi e andate subito, mio caro Bob, a comprare un'altra scatola di carboni, prima di mettere un altro solo punto sopra un i.

Scrooge fu anche più largo della sua parola. Fece quanto avea detto, e infinitamente di più; e in quanto a Tiny Tim, che non morì niente affatto, gli fu come un secondo padre. Divenne così buon amico, così buon padrone, così buon uomo, come se ne davano un tempo nella buona vecchia città, o in qualunque altra vecchia città, o paesello, o borgata nel buon mondo di una volta. Risero alcuni di quel mutamento, ma egli li lasciava ridere e non vi badava; perché sapeva bene che molte cose buone, su questo mondo, cominciano sempre col muovere il riso in certa gente. Poiché ciechi aveano da essere, meglio valeva che stringessero gli occhi in una smorfia di ilarità, anzi che essere attaccati da qualche male meno attraente. Anch'egli, in fondo al cuore, rideva e gli bastava questo, e non chiedeva altro.

Con gli Spiriti non ebbe più da fare; ma se ne rifece con gli uomini. E di lui fu sempre detto che non c'era uomo al mondo che sapesse così bene festeggiare il Natale. Così lo stesso si dica di noi, di tutti noi e di ciascuno! E così, come Tiny Tim diceva: "Dio ci protegga tutti e ci benedica".

FINE